卷三
P～T

河洛話一千零一頁

—— 一分鐘悅讀河洛話

林仙龍　著

本書所使用音標（台羅音標）與其他音標對照表

本書音標	華語音標	羅馬音標	通用音標	國際音標	備註
聲　母					
p	ㄅ	p	b	p	
ph	ㄆ	ph	p	p'	
m	ㄇ	m	m	m	
b	ㄅˊ	b		b	
t	ㄉ	t	d	t	
th	ㄊ	th	t	t'	
n	ㄋ	n	n	n	
l	ㄌ	l	l	l	
k	ㄍ	k	g	k	
kh	ㄎ	kh	k	k'	
h	ㄏ	h	h	h	
g	ㄍˊ	g	g	g	
ng	ㄫ	ng	ng		
ts、tsi	ㄗ、ㄐ	ch、chi	z	ts	
tsh、tshi	ㄘ、ㄑ	chh、chhi	c	ts'	
s、si	ㄙ、ㄒ	s、si	s	s	
j	ㄗ'（ㄐ'）（口不捲舌）	j	j	dz	

卷三 河 洛 話 一千零一頁
•ㄆ~ㄊ

本書音標	華語音標	羅馬音標	通用音標	國際音標	備註
韻　母					
a	ㄚ	a	a	a	
i	ㄧ	i	i	i	
u	ㄨ	u	u	u	
e	ㄝ	e	e	e	
o	ㄜ	o	e	o	
ɔ	ㄛ	ɔ	o		
ai	ㄞ	ai	ai	ai	
au	ㄠ	au	ao	au	
an	ㄢ	an	an	an	
-n	ㄣ	-n	en		
-m		-m	-m		
ang	ㄤ	ang	ang		
ong	ㄛㄥ	ong	ong		
ing	ㄧㄥ	eng	eng		
-ng	ㄥ	-ng	-ng		
ua	ㄨㄚ	oa	ua	ua	
ue	ㄨㄝ	oe	ue	ue	
uai	ㄨㄞ	oai	uai	uai	
uan	ㄨㄢ	oan	uan	uan	
ah	ㄚㄏ	ah	ah		入聲
ap	ㄚㄅ	ap	ap		入聲
at	ㄚㄉ	at	at		入聲
ik	ㄧㄍ	ek	ik	ik	入聲
a^n	ㄚ（鼻音）	a^n	ann		鼻音

本書標調方式

	第一調	第二調	第三調	第四調	第五調	第七調	第八調
標調 （例字）	e （蒛）	é （矮）	è （穢）	eh （厄）	ê （鞋）	ē （下）	e̍h （麧）

目次

ph（ㄆ）

扁食【便食】

0501

扁擔、扁豆、扁柏、扁嘴獸等皆因形扁而得名，然日常食品「扁食pián-sit（ㄅㄧㄢ2-ㄒㄧㄅ8）」，其形不扁，何以稱「扁食」，疑為「便食」之訛。

扁食，方言也，為水餃、鍋貼類之麵食，屬一種方便食物，亦即「便食」。

但是「便」字一般讀piān（ㄅㄧㄢ7），如利便、便所【廁所】，或讀pân（ㄅㄢ5），如便宜，「便」字未有讀成二調之詞例。

若從文字結構來看，「便」字从人更聲，「更」字从攴丙聲，廣義來說，「便」、「更」口語都可讀如丙píng（ㄅㄧㄥ2）、piáⁿ（ㄅㄧㄚ2鼻音）。

例如「更」一般讀king（ㄍㄧㄥ1），如更正、更改；讀keⁿ（ㄍㄝ1鼻音），如三更、更夫；讀kìng（ㄍㄧㄥ3），如更加；韻書注「更」只讀平聲一調及去聲三調，但事實上口語亦讀如丙píng（ㄅㄧㄥ2），如更青換黃，俗有作「反青換黃」，係不知「更」从攴丙聲，口語可讀如丙píng（ㄅㄧㄥ2）的緣故。

「便」口語亦讀如丙piáⁿ（ㄅㄧㄚ2鼻音），音轉pián（ㄅㄧㄢ2），如便食。

0502 一百連通【一變連通、一片連通】

　　「範圍大」和「次數多」不同，因此「大範圍的尋找」和「很多次的尋找」也不同，「大範圍的走動」和「很多次的走動」也不同，「大範圍的閒逛」和「很多次的閒逛」也不同，「大範圍的舞弄」和「很多次的舞弄」也不同，但不管「範圍大」或「次數多」，河洛話在動詞「覓tshuē（ㄘㄨㄝ7）」、「走」、「跫」、「舞」之後卻都加tsit-piàn-liàn-thàng（ㄐㄧㄅ8-ㄅㄧㄢ3-ㄌㄧㄢ3-ㄊㄤ3），若欲將「範圍大」和「次數多」加以區分，寫法理當不同，則表示「範圍大」宜作「一片連通」，言連通成一大片，範圍大也，如「警察覓一片連通，方圓三里內，攏覓無強徒的影跡」；表示「次數多」宜作「一變連通」，言一變再變，連續多次，次數多也，如「兇殺案現場，警察覓一變連通，攏無發現線索」。

　　口語有將「一變連通」、「一片連通」音變說成「一百連通【「百」讀做pah（ㄅㄚㄏ4）】」，意思變成接連一百次，這是因為訛讀，進而產生訛寫的例子，這和「浴間」訛作「隘間」，「胳下腔【空】」訛作「過耳孔」，情形一樣。

硬梆梆【硬彌彌、硬繃繃】

　　形容很硬，北京話最常用的就是「硬梆梆」、「硬幫幫」，這種「甲乙乙」形式的造詞，疊字的「乙乙」主要在增強「甲」所要描述的現象，按「梆」為木名、器名，而「幫」作旁助、團體義，不管「梆梆」還是「幫幫」，都無法增強「硬」的效果。

　　為何用「梆梆」、「幫幫」形容「硬」？此與河洛話關係密切，因為北京話「硬梆梆」、「硬幫幫」即源自於河洛話，河洛話形容很硬很硬，即說ngē-piang-piang（ㄫㄝ7-ㄅㄧㄤ1-ㄅㄧㄤ1），疊詞piang-piang（ㄅㄧㄤ1-ㄅㄧㄤ1）便被北京話寫做「梆梆」、「幫幫」。

　　疊詞piang-piang（ㄅㄧㄤ1-ㄅㄧㄤ1）要能增強「硬」的感覺，則應寫成「彌彌」、「繃繃」，說文：「彌，弓彊貌」，弓弦緊繃則弓硬力強；繃，緊張僵持也，有時與彌通，如繃弓亦即彌弓，故「彌彌」、「繃繃」可形容並增強「硬」的感覺。

　　形容很硬，是「硬彌彌」、「硬繃繃」，不是「硬梆梆」、「硬幫幫」。

0504　　　　　　轞輧、爭拼【裝扮】

　　前期人稱土匪強盜為tsing-piàng（ㄐ一ㄥ1-ㄅ一ㄤ3），很多人大概沒聽說過。

　　臺灣漢語辭典：「俗以強盜搗毀門窗而入為**轞輧、衝輧**」【與杜嘉德的「廈英大辭典」說法相同】，所謂「衝輧」即臨衝之兵車，以衝撞之兵車狀土匪強盜來勢，有其理趣，但「輧pîng（ㄅ一ㄥ5）」不讀三調，與口語音不合。

　　有以為該語係客語演變成臺語，由高屏流傳至中部，最後作土匪強盜義，寫做「爭拼」，即拼力相爭，可惜義不合，亦無所據，且「拼」讀三調piàⁿ（ㄅ一ㄚ3鼻音）時，與「摒」同，作除義【改作「拚」似較佳，拚，兩人手相搏也，但「爭拚」義亦不妥】。

　　按鄉史補記所述，「爭拚【或稱爭拚賊】」係清朝或日治時期強盜，這群強盜特殊之處，乃行搶前總是將自己塗抹裝扮，掩飾真實面目以逃避官兵追捕，因此這群土匪應稱「裝扮賊【簡稱「裝扮」】」，廣韻：「扮，晡幻切，音班去聲」，讀pàn（ㄅㄢ3）【俗口語讀pān（ㄅㄢ7）】，音轉piàng（ㄅ一ㄤ3），「裝扮」讀tsng-pān（ㄗㄥ1-ㄅㄢ7），指服飾、打扮；讀tsing-piàng（ㄐ一ㄥ1-ㄅ一ㄤ3），指強盜土匪。

食膨餅【著碰丙】

北京話有「碰了一鼻子灰」、「碰釘子」、「碰到軟釘子」的說法，意思不外遭遇不順，自討沒趣。

「釘子」原指鐵釘、銅釘、鋼釘等金屬類釘子，碰著有時會流血受傷，不過俗說的「碰釘子」只是自討沒趣的小挫敗，不至於流血受傷，於是後來便有「碰到軟釘子」的改良說法。

按「釘」字音與「丁」同，「碰釘」之說後來被戲說為「碰丁」，甚至衍生出一個無厘頭的「碰丙」，如此一來，一個更無厘頭的河洛話「食膨餅tsiah-phòng-piáⁿ（ㄐㄧㄚㄏ8-ㄆㄛㄥ3-ㄅㄧㄚ2鼻音）」於焉產生，且大行其道，而且解釋起來還煞有介事，說「食膨餅」是吃膨鼓鼓的大餅，意指面對一張鼓脹不情願的臉，碰了一鼻子灰，意思和「碰到軟釘子」相同。

「食膨餅」算是一連串無厘頭衍生而來的新詞彙，其實應該寫做「著碰丙」才對，意思是說遇到碰丙的遭遇，所謂「碰丙」亦即是「碰丁」、「碰釘」。

0506   拚血【迸血】

素問陰陽別論：「陰虛陽搏，謂之崩」，這「崩」即為婦女血液妄行之症，即所謂「血崩」，是十分緊急的病。

河洛話稱「血崩」為piàⁿ-hueh（ㄅㄧㄚ3鼻音-ㄏㄨㄝㄏ4），有作「拚血」。

「拚piàⁿ（ㄅㄧㄚ3鼻音）」有盡全力、去除兩層含義，與摒、拌、拼同，如拚掃、拚命、拚生死。北京話「拼經濟」，河洛話寫做「拚經濟」，「拚」作盡全力義，不作去除義，否則就變成把經濟全數「拚掉【倒掉】」，那可就慘了。

「拚」除了盡全力、去除兩層含義外，因屬「扌」部字，故指「人為」行為，「血崩」是一種病，屬「非人為」行為，不宜作「拚血【將血倒掉】」，應作「迸血」，「迸」作奔湧義，如迸水、迸出、迸泉、迸汗。

其實比較「拚水」和「迸水」、「拚血」和「迸血」、「拚尿」和「迸尿」，詞義甚為明確，前者指「人為」的將某物事去除，後者指「非人為」的奔湧出某物事，讀音雖然一樣，差別卻極大。

0507 別褲腳【撇褲腳】

「別」的字音很多，可讀piåt（ㄅㄧㄚㄉ8），如離別、分別；可讀pat（ㄅㄚㄉ4）【或bat（ㄅㄚㄉ4）】，如不別【不認識】；可讀påt（ㄅㄚㄉ8），如別人、別日；可讀pih（ㄅㄧㄏ4），如個別。

河洛話說捲起褲管為pih-khò-kha（ㄅㄧㄏ4-ㄎㄛ3-ㄎㄚ1），即有作「別褲腳」。「別」從刂咼，本義作「分解」，動詞用時作離別、判明、決定、辨識、不要、誤用、不同解，並無捲起義。

蘇軾詩：「玉腕半揎雲臂袖」，張師錫老兒詩：「濯手袖慵揎」，六書故：「揎，鉤袂出臂也」，可見「揎袖」即所謂捲起衣袖，可惜「揎」讀suan（ㄙㄨㄢ1），不讀pih（ㄅㄧㄏ4），不過集韻：「撇，揎衣也」，故「撇褲腳」即「捲起褲管」。

集韻：「撇，匹蔑切」，讀phiat（ㄆㄧㄚㄉ4），如一撇；俗亦白讀bih（ㄅˊㄧㄏ4），如撇嘴；亦讀pih（ㄅㄧㄏ4），如撇褲腳、撇手裌【按正韻：「撇，必弊切，音閉pì（ㄅㄧ3）」，置前與pih（ㄅㄧㄏ4）置前一樣，皆變二調，口語音相同】。

0508 抿壁堵 【編壁堵】

「抿」字从扌，屬動詞字，與撋同，集韻：「撋，說文，撫也，一曰摹也，或省」，亦即以手指輕抒，後亦指手持毛刷輕刷，如抿西裝、抿大衣，「抿」讀做bín（ㄅ'ㄧㄣ2）。

「抿」字可作名詞，指抿東西用的刷子，中文大辭典：「抿子，北方謂抿髮之小刷子也」，生活中常見的還有齒抿【牙刷】、鞋抿【鞋刷】、衫仔抿【衣刷】。

臺灣早期屋舍以竹為柱，柱間編以竹片，塗上泥土【裡頭混有稻殼】，最後再黏上茅草或塗上石灰而成壁堵，俗即稱「以竹片編製壁堵之工作」為pín-piah-tó（ㄅㄧㄣ2-ㄅㄧㄚㄏ4-ㄉㄛ2），有作「抿壁堵」，如前述，「抿」作撫、掩、拭、刷解，無「編」義，雖bín（ㄅ'ㄧㄣ2）可音轉pín（ㄅㄧㄣ2），義卻不合。

pín-piah-tó（ㄅㄧㄣ2-ㄅㄧㄚㄏ4-ㄉㄛ2）宜作「編壁堵」，按「編」俗多讀pian（ㄅㄧㄢ1），不過集韻：「編，補典切，音匾pián（ㄅㄧㄢ2）」，可轉pín（ㄅㄧㄣ2），用於編髮、編綃，作「編壁堵」可謂音義皆合。

0509 貧惰、疲墮、憊惰【頻惰、般惰】

河洛話稱「懶惰」為pîn-tuāⁿ（ㄅㄧㄣ5-ㄉㄨㄚ7鼻音），pîn（ㄅㄧㄣ5）亦有說成pûn（ㄅㄨㄣ5）、pân（ㄅㄢ5），教育部推薦的寫法是「貧惰」。

「貧」作狀詞時，作乏財解，即貧窮，作動詞時，作缺少解，「貧惰」的「貧」若作動詞【如貧味、貧血】，意思變成缺少懶惰，換言之即不懶惰，適與懶惰反；若「貧」作狀詞，「貧惰」變成貧窮怠惰，與單純的「懶惰」亦不等義，文選潘岳西征賦：「咸帥貧惰，同整檞櫂」，可見不宜將懶惰寫做「貧惰」。

或有作「疲墮」、「憊惰」，作疲憊懈怠解，亦與單純的「懶惰」不等義，晉書桓沖傳：「乘其疲墮，撲翦為易」，故亦不宜將懶惰寫做「疲墮」、「憊惰」。

懶惰宜作「頻惰」，作屢屢懶惰解，與「懶惰」等義，「頻」為狀態詞，時常也，言懶惰為常態，集韻：「頻，毗賓切，音顰pîn（ㄅㄧㄣ5）」。

或作「般惰」，作大惰、好樂懶惰解，與「懶惰」同，方言、廣雅、孟子：「般，大也」，爾雅釋詁：「般，樂也」，惟「般惰」讀pan-tuāⁿ（ㄅㄢ1-ㄉㄨㄚ7鼻音）。

0510 一旁、一平【一屏】

剖物為二，河洛話稱其一為「一半」、「一屏」或「半屏puàⁿ-pîng（ㄅㄨㄚ3鼻音-ㄅㄧㄥ5）」，意思就是二分之一，就是一半，高雄的「半屏山」意思就是只剩一半的山。

公羊傳注：「禮天子，外屏諸侯，內屏大夫，帷士簾」，宋史天文志：「內屏四星在端門內，近右執法」，劉筠詩：「屬玉東西館，琉璃左右屏」，以上「屏」本作名詞，作遮屏義，因遮屏隔空間為二，或為內外，或為左右，或為東西，或為南北，故稱事物之一半為「屏」、「一屏」、「半屏」【以是故，「屏」亦可作方位詞，如東屏、西屏】。

按「旁」口語亦讀pîng（ㄅㄧㄥ5），如「大人企一旁，囡仔企一旁」，「一旁」與「一屏」音同，但「一旁」是一邊，不是一半，與「一屏」不同。

「平」亦讀pîng（ㄅㄧㄥ5），是個標準方位詞，如東平、西平、南平、北平，「一平」與「一屏」音同，但「一平」是一邊，不是一半，與「一屏」亦不同。

指稱「一半」，宜作「一屏」，不宜作「一旁」、「一平」【剖物成多份，其一則不宜稱「一屏」】。

東旁【東平、東屏】

　　北京話稱方位時，習慣於方位詞後加「邊pin（ㄅ一鼻音）」，河洛話則讀pîng（ㄅㄧㄥ5），以是故，有將「邊」白讀pîng（ㄅㄧㄥ5），其實不妥。

　　pîng（ㄅㄧㄥ5）宜作「旁」，廣韻：「旁，步光切，音螃pông（ㄅㆲ5）」，白讀pîng（ㄅㄧㄥ5），加於方位詞下，如東旁、西旁、頂旁、下旁、內旁、外旁……。

　　pîng（ㄅㄧㄥ5）亦作「平」，李白詩：「阮籍為太守，乘驢上東平」，崔頤苔豫章王書：「雅道邁於東平，文藝高於北海」，楊慎詩：「畫船泛北渚，文馬侍東平」，隋書百官志：「四平四翊為二十班」，注：「四平，東西南北，四翊，前後左右」，漢書百官公卿表：「廷尉掌刑辟，宣帝地節三年初置左右平」，晉書地理志：「西平有龍泉，水可淬刀劍」，以上「平pîng（ㄅㄧㄥ5）」皆作方位。

　　pîng（ㄅㄧㄥ5）亦作「屏」，公羊傳注：「禮天子，外屏諸侯，內屏大夫，帷士簾」，宋史天文志：「內屏四星在端門內，近右執法」，劉筠詩：「屬玉東西館，琉璃左右屏」，「屏」本為遮屏，因隔空間為二，分東西、南北、內外，轉作方位用。

0512　變猴弄【秉勾當】

　　語言會衍生新說，「秉弄」後衍生「秉猴弄」，衍生「秉啥猴弄」，「猴弄」遂成詞，相當北京話「勾當」。

　　河洛話piⁿ-kâu-lāng（ㄅㄧ3鼻音-ㄍㄠ5-ㄌㄤ7），後來便有兩個含義，一為原始用法，作戲耍玩弄義，應寫做「秉猴弄」，指操持猴隻且加以戲弄，亦即戲弄，如「他愛給囡仔秉猴弄【他愛戲弄小孩子】」；一為衍生用法，嚴肅說，指「做事情」，輕鬆說，指「玩把戲」，這是「秉猴弄」的「猴弄」成詞且衍生為「勾當」的結果，通俗編行事勾當：「按，勾當乃幹事之謂，今直以事為勾當」，故「勾當」即事情，如「景氣誠差，有啥勾當值得秉無【景氣很差，有什麼事情值得做的】」，換成輕鬆調皮的說法，「勾當」即把戲，如「騙徒所秉的勾當，咱攏知【騙子玩的把戲，我們都知道】」。

　　變、秉同音異義，變，變化也，秉，操持也，「變勾當」為變把戲，「秉勾當」為做事情，兩者不同。俗說秉東秉西、秉鬼秉怪、秉工藝、秉伎倆、秉無目、秉一寡有的無的……，若「秉」改作「變」，意思也會跟著改變。

變弄、把弄【秉弄】

玩耍戲弄，河洛話說 pìⁿ-lāng（ㄅ一3鼻音-ㄌㄤ7），俗多作「變弄」，大概是進行戲弄之時，往往花招百出，變化多端之故，「變弄」即變化手段以進行戲弄。

有作「把弄」，以為「把弄」即把玩戲弄，其實不然，因為「把弄」是成詞，韻府引陸游詩：「明年即八十，日月難把弄」，「把弄」即把握，非把玩戲弄，且「把」讀 pá（ㄅㄚ2），如把握；讀 pâ（ㄅㄚ5），如搔把【與「搔爬」同】；雖也讀做 pà（ㄅㄚ3）去聲三調【正韻：「把，必駕切，音霸」】，卻作「弓之中央手握處」義，與弝同，並非把持操作的意思。

pìⁿ-lāng（ㄅ一3鼻音-ㄌㄤ7）宜作「秉弄」，爾雅釋詁：「秉，執也」，即把持操作，如秉心、秉夷、秉耒、秉言、秉政……等亦是，「秉弄」即操持戲弄，集韻：「秉，陂病切」，讀 pìng（ㄅ一ㄥ3），口語讀 pìⁿ（ㄅ一3鼻音）。

語言是活的，往往會衍生新說法，「秉弄」後來衍生「秉猴弄」之說，意思一樣，卻更生活化，後來更衍生「秉啥猴弄」，「猴弄」竟也成詞，北京話作「勾當」。

0514 變鬼【秉詭、秉宄】

　　五音集韻：「人死作鬼kuí（ㄍㄨㄧ2），鬼死作𩴪tsham（ㄘㄚㄇ1）」，原來鬼和人一樣，也會死。

　　佛家說生老病死是四苦，只要是人，誰也擺脫不了，所以人都會死，死後或變神變仙，或變鬼變怪，就看人活著的時候做了什麼。河洛話說「變鬼piⁿ-kuí（ㄅㄧ3鼻音-ㄍㄨㄧ2）」即變成鬼，指作惡多端者死後的下場。

　　有些人生來愛「搞鬼」，「搞鬼」的河洛話也說piⁿ-kuí（ㄅㄧ3鼻音-ㄍㄨㄧ2），若寫做「變鬼」則明顯不妥，北京話說「搞鬼」，其實與「鬼」無關，應該是「搞詭」、「搞宄」才是正確寫法，不過將「變鬼」改作「變詭」、「變宄」也不妥。

　　作「搞詭」、「搞宄」義的piⁿ-kuí（ㄅㄧ3鼻音-ㄍㄨㄧ2）宜作「秉詭」、「秉宄」，秉，執也，持也，操也，亦即操持，集韻：「秉，陂病切」，音piⁿ（ㄅㄧ3鼻音）；詭，乖違也，譎詐也，乖戾也；宄，姦也；「詭」、「宄」皆讀做kuí（ㄍㄨㄧ2），「秉詭」、「秉宄」即操持詭詐之事，亦即搞詭、搞宄。

0515　傍【分】

　　有時「傍」和「分」不易分辨，因為它們的河洛音相近，都讀png（ㄅㄥ）音，「傍」讀七調pīng（ㄅㄥ7），「分」讀一調png（ㄅㄥ1）。

　　「傍」讀pīng（ㄅㄥ7）時，作依附解，周禮牛人：「其兵車之牛與其牽傍」，注：「居其旁曰傍」，今河洛話仍見使用，如相傍福氣、傍你的幫助。賭博時，旁觀者的插花行為，河洛話稱「傍注【依附著旁人下注】」，「傍」亦作依附義。

　　「分」白讀png（ㄅㄥ1），有二義，一為「分而給之」，如我分一間房間予你；一為「分而取之」，如我給你分一間房間。

　　俗有將借用他人房屋之一個房間，稱「傍一間房間」，其實應作「分一間房間」，因為是分而取之，與依附無關。將自己股份的一部分分讓給他人，俗作「傍他股票」，其實應作「分他股票」，因為是分而給之，亦與依附無關。

　　不過，「傍你的福氣【依附你的福氣】」和「分你的福氣【分得你的福氣】」讀起來聲調稍異，意思卻差不多，因為「依靠你的福氣」和「分得你的福氣」意思確實很接近。

0516　抱圈仔、報圈仔【簸圈仔】

　　報載屏東某夜市，有業者拒讓客戶玩套圈圈的遊戲，這位套圈圈神準的客戶大聲抗議，何以老闆不讓他「抱」。

　　「抱」應是「報」字之誤，因兩字北京話都讀ㄅㄠˋ，不過其河洛音就不同了，「抱」讀phō（ㄆㄜ7），「報」讀pò（ㄅㄜ3），河洛話稱套圈圈的遊戲為pò-khơ-á（ㄅㄜ3-ㄎㄜ1-ㄚ2），「抱圈仔」應是「報圈仔」之誤。

　　不管是「抱圈仔」，還是「報圈仔」，都無丟擲圈圈之義，都非正確寫法，其實應寫做「簸圈仔」，王建宮詞：「暫向玉花塼上坐，簸錢贏得兩三籌」，錢氏私志：「內翰伯見而笑云：『年十七，正是學簸錢時也』」，堅瓠首集：「十四五，閒搶琵琶尋，堂上簸錢堂下走，恁時相見已留心」，林之夏贈友詩：「記得簸錢時節近，青溪同拜小姑祠」，以上「簸錢」即擲錢，河洛話也說「簸銀角仔」，而丟擲圈圈以套住物件的遊戲即「簸圈仔」。廣韻：「簸，補過切」，讀pò（ㄅㄜ3）。

　　套圈圈的遊戲應作「簸圈仔」，不應寫做「抱圈仔」、「報圈仔」。

0517 磅空、烊空【洞空】

　　教育部公布「山洞」的河洛話寫法為「磅空pōng-khang（ㄅㄛㄥ7-ㄎㄤ1）」，按「磅」為重量單位詞，如一磅咖啡，作動詞時相當於「秤」，即磅秤之意，「磅」是石部字，原作隕石聲或擊石義，與隧道、山洞無關。

　　或有作「烊空」，集韻：「烊，火聲」，論者自撰詞義：「火藥爆炸發出聲音，並同時炸出孔洞，故稱烊空」，說法實難服眾，集韻：「烊，匹降切，音胖phàng（ㄆㄤ3）」，雖可音轉pòng（ㄅㄛㄥ3），但調不符。

　　按俗多作「爆空」，取「爆炸所出之孔道」義，廣韻：「爆，補各切」，音pok（ㄅㄛㄍ4），白讀pōng（ㄅㄛㄥ7），「爆空」指人工炸出的通道，但不包括天然「山洞」，今人爆料成風，「爆空」恐被誤解為piak-khang（ㄅㄧㄚㄍ4-ㄎㄤ1）。

　　寫做「洞空tōng-khang（ㄉㄛㄥ7-ㄎㄤ1）」應該更佳，不但音義皆通，且人工隧道、天然山洞兩相宜【讀做pōng-khang（ㄅㄛㄥ7-ㄎㄤ1）可能是訛讀，車子相碰撞的「碰撞」，俗說成pōng（ㄅㄛㄥ7），亦說成tōng（ㄉㄛㄥ7），即為相同的口語音音轉現象】。

0518 碰著【逢著】

　　唐朝詩人岑參的詩作「逢入京使」末二句:「馬上相逢無紙筆,憑君傳語報平安」,可說已是千古名句,句中「相逢」文言音讀做siong-hông(ㄒㄧㆦㄥ1-ㄏㆦㄥ5),白話音則讀做sio-pōng(ㄒㄧㆦ1-ㄅㆦㄥ7)。

　　北京話裡頭的「碰」字,本作碰撞義,如碰壁、碰著、相碰,不過有時「碰」也作遭逢義,如「我在路上碰到他」,如此一來,「碰」字便令人感到混淆難辨,如「碰著」是撞到?還是遇到?「相碰」是相撞?還是相遇?造成此一現象的主因是「碰」的河洛音讀pōng(ㄅㆦㄥ7),而河洛話說遭逢也說pōng(ㄅㆦㄥ7),北京話遂借「碰」作遭逢義。

　　作遭逢義的pōng(ㄅㆦㄥ7),宜作「逢」,不宜作「碰」,故遇見宜作「逢著」,不宜作「碰著」,相遇宜作「相逢」,不宜作「相碰」。

　　所謂夜路走多了「碰著鬼」和「逢著鬼」不同,前句指和鬼來個直接碰撞,後句指遇見鬼,與鬼相距多遠不知道,但肯定沒與鬼「撞」個正著。

0519　傍壁【逢壁、碰壁】

　　「相逢」一詞文讀siong-hông（ㄒㄧㄛㄥ1-ㄏㄛㄥ5），白讀 sio-pōng（ㄒㄧㄛ1-ㄅㄛㄥ7），「相」和「逢」兩字讀音都起了變化。

　　北京話維持文讀的「相逢」一詞，因應白讀音sio-pōng（ㄒㄧㄛ1-ㄅㄛㄥ7）則造了「相碰」一詞，作逢見、遇見、碰見、撞見等等義詞。

　　「碰」是個後造字，俗讀pōng（ㄅㄛㄥ7），如相碰、碰著，俗說處於窮途末路之境地者為「四界碰壁sì-kè-pōng-piah（ㄒㄧ3-ㄍㄝ3-ㄅㄛㄥ7-ㄅㄧㄚㄏ4）」，意指向四方發展時皆碰撞到牆壁，無處可行，處於窮途末路。

　　若寫做「四界逢壁」，意指向四方發展時，皆遭逢牆壁阻隔，雖未與牆壁作實質碰撞，卻亦無處可行，處窮途末路之境。

　　臺灣語典卷二：「傍壁，猶窮途，喻人之無事可為，猶進行之際為壁所阻也。說文：傍，近也」，但「傍」亦作依附解，「傍壁」俗作「依附牆壁」義，與「窮途」不同，如「傍山壁起一間次」，傍，依附也，讀做p̄ng（ㄅㄥ7）。

0520　盡磅、盡爆、盡弸【盡步】

　　河洛話稱「極限」為tsīn-pōng（ㄐㄧㄣ7-ㄅㄛㄥ7），因「磅」、「爆」俗讀pōng（ㄅㄛㄥ7），俗有作「盡磅」、「盡爆」，按盡磅，悉數過磅也；盡爆，悉數爆開也，音雖合，義卻不合。

　　有作「盡弸」，太玄經上：「絕弸破車終不偭」，注：「弸，弦也」，絕弸即拉弓而斷其弦，則盡弸即指拉弓弦至極限，惟韻書注「弸」音薄萌切、蒲萌切、悲陵切、悲朋切、披朋切，讀平聲一或五調，不讀去聲七調，作「盡弸」義合音不合。

　　tsīn-pōng（ㄐㄧㄣ7-ㄅㄛㄥ7）宜作「盡步」，南史孫廉傳：「……乃為屐謎以喻廉曰：刺鼻不知嚏，蹋面不知瞋，齧齒作步數，持此得勝人。譏其不計恥辱，以取名位」，步數，方法也，與俗說有步、無步、好步、怪步的「步」意思一樣。盡步，狀態上指方法或能力已盡，時空上則指時程或路程已盡。

　　在此「步pō（ㄅㄛ7）」音轉pōng（ㄅㄛㄥ7）。俗稱開始為「起步」，足夠稱「夠步」，過份稱「過步」，「步」都讀pōng（ㄅㄛㄥ7）。

0521 六月火燒埔【六月火燒晡】

　　位於北回歸線上的臺灣，六月已屬夏天，到處熱氣蒸騰，令人難受，或因此，有一些與六月有關的河洛話俗諺便離不開「炎熱」，如「六月賣火籠【喻不合時宜】」、「六月鯊，狗母拖【六月天熱，物易腐敗】」、「六月無洗身軀一臭死人」、「六月曝田埕，較慘死阿娘」、「六月次頂雪【即六月屋頂積雪，指不可能的事】」。

　　另有一句俗諺，一看就令人渾身發熱，甚至頭頂冒煙，那就是「六月火燒埔」，「火燒埔hué-sio-poo（ㄏㄨㆤ2-ㄒㄧㄜ1-ㄅㆦ1）」指天氣炎熱，連野地都好像火在燒一般【按「埔」屬後造字，俗說野地為poo（ㄅㆦ1），應作浦、阜、墻，見0523篇】。

　　另有作「六月火燒墟」，呂覽春秋貴直：「使人之朝為草，而國為墟」，注：「墟，邱墟也」，禮記檀弓下：「墟墓之間」，注：「墟，毀滅無後之地」，「墟」讀hi（ㄏㄧ1），音轉hoo（ㄏㆦ1）、poo（ㄅㆦ1）。

　　其實作「六月火燒晡」尤佳，玉篇：「晡，申時也」，即午後三至五時，因近黃昏，溽熱大都消盡，然六月天熱，至晡夕仍似火燒一般，故曰「六月火燒晡」。

0522　　埔姜【牡荊】

記得兒時常與童伴鬥蟋蟀，那時蟋蟀種類繁多，有抓自瓜田的瓜蟀，來自墓穴的墓蟀，出自蛇洞的蛇蟀，還有一種躲在埔姜樹附近的埔姜蟀po̍-kiuⁿ-sut（ㄅㆤ1-ㄍㄧㄨ1鼻音-ㄙㄨㄉ4），其中要以墓蟀、蛇蟀較為凶悍善鬥。

「埔姜」屬馬鞭草科落葉灌木，七八月開穗狀小白花，可製藥，古時取其莖以為荊杖，有名的「負荊請罪」，故事中的「荊」就是它。

「埔姜」二字名不見經傳，因為它是河洛話po̍-kiuⁿ（ㄅㆤ1-ㄍㄧㄨ1鼻音）的記音寫法，較正式的寫法應該是「牡荊」，現今植物學的學名則稱「黃荊」。

河洛話說男人為tsa-po͘（ㄗㄚ1-ㄅㆤ1），po͘（ㄅㆤ1）比較常見的寫法有「父」、「夫」、「甫」，「父」象手執斧，借指男人，「夫」象男人髻上插簪，為古時男人之通稱，「甫」從田父，父亦聲，說文：「甫，男子之美偁也」，三字皆表示男性。此處「牡荊」的「牡」字，古來即指動物之雄性者，與指稱雌性動物之「牝」字相對，口語亦讀做po͘（ㄅㆤ1），還真是巧合。

040

0523　埔【浦、阜、墦】

　　空曠荒涼而無人煙之處，河洛話稱po˙（ㄅㆦ1），一般都寫做「埔」。

　　按「埔」是個後造字，屬地名用字，如廣東的黃埔、大埔，屏東的草埔，東南亞的柬埔寨【國名】，用於方言如「埔頭」，指碼頭，與「埠頭」同，「埔」字實無空曠荒涼義。

　　空曠荒涼而無人煙之處，依地形地貌及其所處位置，大抵可分三種，一為低窪或近水者，宜作「浦」，用來稱地方，如海浦、溪浦；用來稱地名，如大港浦、鹽埕浦、三重浦；說文：「浦，水瀕也」，即指近水之地。

　　一為平坦而向四處延展者，宜作「阜」，如草阜、平阜，爾雅釋地：「大陸曰阜」，風俗通：「阜者，茂也，言平地隆踊，不屬於山陵者」，即指高而平的地形。

　　一為高低起伏者，宜寫「墦」，如山墦、塚仔墦、墓仔墦，廣雅釋邱：「墦，冢也」，孟子離婁下：「卒之東郭墦閒祭者」，注：「墦閒，郭外冢閒也」。

　　有名的「平埔族」在平坦開闊之平阜地帶聚集營生，正寫應作「平阜族」。

0524　鬖褒【散幅】

　　早期的嬰兒衫，有一種縫著布鈕釦而邊幅無縐褶【邊幅呈散鬖狀】者，俗稱「和尚衫huê-siūⁿ-saⁿ（ㄏㄨㄝ5-ㄒㄧㄨ7鼻音-ㄙㄚ1鼻音）」，其特色即是「布紐仔」和「鬖褒sàm-pô（ㄙㄚㄇ3-ㄅㄛ5）」。

　　集韻：「鬖，亂髮也」，又：「鬖，髮垂貌」，因「鬖」屬髟部字，與毛髮有關，應專用於毛髮，如頭毛鬖鬖，不宜用來狀衣衫邊幅不整齊的樣子，鬖褒的「鬖」宜改作「散」，「散」口語音即讀做sàm（ㄙㄚㄇ3），屬中性字，用法較廣。

　　衣衫邊幅稱pô（ㄅㄛ5），不宜作「褒」，集韻：「襃，說文，衣博裾也，或作褒」，並非指衣衫邊幅。

　　元辛文房唐才子傳溫庭筠：「然【溫庭筠】薄行無檢幅，與貴胄裴誠、令狐滈等飲博」，其中「無檢幅」即沒褶邊幅，即「散幅sàm-pô（ㄙㄚㄇ3-ㄅㄛ5）」。

　　蝙蝠亦稱夜蝠iā-pô（ㄧㄚ7-ㄅㄛ5），「蝠」與「幅」一樣含「畐」聲根，白話讀pô（ㄅㄛ5），「幅」白話讀pô（ㄅㄛ5）。

0525 步頻【白平、白憑、暴憑】

　　河洛話pō-pīn（ㄅㄛ7-ㄅㄧㄅ7），完整來說，代表「向來……，如今卻……」，簡要說，為「突如其來」、「突發」、「反常」，因有「向來……」義，故臺灣語典卷二：「步頻，猶平素也、步行也、頻常也。謂平素之所行也。按禮中庸：素富貴，行乎富貴；素貧賤，行乎貧賤。與此同意」，連氏以為「步頻」乃時常呈現之某狀態，如此一來，則不具轉折「如今卻……」義，與口語用法有些差異。

　　臺灣漢語辭典作「白平【為「平白」之倒語】」，邊元鼎詩：「平白相逢惹斷腸」，宋袁吉甫論會子札子：「若每貫作五貫折支，則在官之數，未免平白折陷」，西遊記第七十二回：「仙姑更不曾與他競爭，平白地就讓與他了」，「平白【白平】」即憑空、無緣由的、突發的。而「平白」亦即是「憑白」，白，空也，憑白即憑空，即無所憑，即突發，即反常，故「白平」亦可作「白憑」。

　　「本無所憑」與「突有所憑」類同，「突有所憑」即為「暴憑」，暴pȯk（ㄅㄛㄍ8），急也，遽也，猝也，置前變三調，與pō（ㄅㄛ7）置前變三調一樣，口語音相同。

0526 有二步七仔【有二把拭仔】

說文：「獸足謂之番，从采田，象其掌」，段注：「下象掌，上象指爪，是為象形」，正韻：「番，蒲禾切」，可讀pô（ㄅㄛ5），古語也。河洛話亦古語也，稱腳掌為「腳番kha-pô（ㄎㄚ1-ㄅㄛ5）」，稱手掌為「手番tshiú-pô（ㄑㄧㄨ2-ㄅㄛ5）」，「番」後衍讀pâ（ㄅㄚ5），亦作「把」，如較勁腕力稱「扳手番」、「扳手把」，「番」、「把」即讀pâ（ㄅㄚ5）。

北京話稱人有兩下子，說「有兩把刷子」，河洛話則說ū-nňg-pō-tshit-á（ㄨ7-ㄋㄥ7-ㄅㄛ7-ㄑㄧㄅ4-ㄚ2），俗作「有二步七仔」，其實應作「有二把拭仔」，意思就是「有兩把刷子」，中文大辭典：「拭，刷也」，廣韻：「拭，拭刷」，前述「把」通「番」，讀pâ（ㄅㄚ5）、pô（ㄅㄛ5），「拭」音tshit（ㄑㄧㄅ4），如拭桌仔、拭椅仔、拭玻璃，「有二把拭仔」即讀做ū-nňg-pô-tshit-á（ㄨ7-ㄋㄥ7-ㄅㄛ5-ㄑㄧㄅ4-ㄚ2）【口語音說成「仔」輕讀，「拭」讀原四調】。

又，刷、刷、飾、拭，古音義相近，「有二把拭仔」亦可寫做「有二把刷仔」，其實和北京話一樣。

0527 【空喙薄舌、空喙磨舌】

空喙哺舌

一個人空口說白話時，北京話稱之為「信口胡言」，河洛話則作「空喙哺舌khang-tshuì-pō-tsih（ㄎㅤ1-ㄘㄨㄟ3-ㄅㄛ7-ㄐㄧㄏ8）」。

說文：「哺，哺咀也」，亦即咀嚼，後衍生作食、飼、口中所含嚼之食物等義。則「空喙哺舌」就成了「嘴中無物，卻咀嚼著舌頭」，「哺舌【咀嚼舌頭】」這個造詞顯得既奇怪又恐怖。

或有見於此，有人便將「空喙哺舌」改作「空喙薄舌」，以「空」、「薄」形容「喙」、「舌」，不但具有成語架勢，而且表示言語貧乏單薄，不足採信，造詞有其理趣。「薄pòh（ㄅㄛㄏ8）」與「哺pō（ㄅㄛ7）」置前皆變三調，聲音相似，音可通。

若改「空喙哺舌」作「空喙磨舌」，亦可狀信口胡言者之言談，「空喙磨舌」即在空嘴裡磨動三吋不爛之舌，滿口一派胡言也。「磨」本為名詞，在此作動詞，用法與「石磨磨粿」的後「磨」字一樣，讀做bō（ㄅ'ㄛ7），而「磨bō（ㄅ'ㄛ7）」與pō（ㄅㄛ7）不但同調，且皆屬雙唇音的字，可以互轉。

0528 一坏【一抔】

「坏」、「抔」都是形聲字，形似音近，有混用現象。

元好問詩：「坏土填巨壑」，中文大辭典注：「坏土，一掬之土，喻土之少也」，史記張釋之傳：「假令愚民取長陵一抔土，陛下何以加其法乎」，中文大辭典注：「抔土，一握之土，極言其少也」，看來「坏土」與「抔土」意思差不多，但奇怪的是，與「坏」互通的字很多，如「坯」、「㟎」、「岯」、「阫」、「瓰」、「肧」等都與「坏」通，就是沒有「坏」同「抔」的說法，前元好問詩之注釋：「坏土，一掬之土，喻土之少也」，其正確性令人質疑。

說文：「坏，丘一成者也」，其實指的是低丘，廣韻：「抔，手掬物也」，故以「量」而言，「坏」量大於「抔」，且相差顯著，雖「坏」、「抔」河洛音都讀pû（ㄅㄨ5），用法卻不容混淆，「坏」表大量，如一坏草堆、一坏柴堆、一坏土墩【「墩」音lun（ㄌㄨㄣ1）】，「抔」表小量，如一抔屎、一抔尿、一抔屁、一抔痰涎。

「一坏土」指一堆小土堆，「一抔土」指量約手一捧的土，兩者音同，義迥異。

跋桮【卜貝】

求神問卜是宗教活動中常見之事，在臺灣民間信仰裡亦不例外，尤其道教。

道教求神問卜時往往須要「跋桮puảh-pue（ㄅㄨㄚㄏ8-ㄅㄨㄝ1）」，將兩片互相對稱的木製或竹製貝形物投擲地上，觀其俯仰，以斷吉凶或可否，這對稱貝形物乃道教廟宇必備之法器，稱做「桮pue（ㄅㄨㄝ1）」。

「跋」本作顛沛、跋扈、足後、文體名解，「桮」通杯、盃，「跋桮」即擲桮並使桮作顛沛翻轉，以此問卜實況，雖似有理，但仍嫌說法牽強。

「跋桮」宜作「卜貝」，演繁露：「後世問卜於神，有器名杯珓者，以兩蚌殼投空擲地，觀其俯仰，以斷休咎，後人或以竹，或以木斲削使如蛤形為之。據此『杯』之語源應為貝，蓋貝則河海中蛤也」。

「卜」音pok（ㄅㄛㄍ4），白話讀puảh（ㄅㄨㄚㄏ8），如卜貝、卜卦，說文：「貞，卜問也，從卜貝」，「卜貝」即讀做puảh-pue（ㄅㄨㄚㄏ8-ㄅㄨㄝ1），古以河海中蛤為卜具，稱「卜貝」，今以木製杯珓為卜具，稱「卜杯」。

0530　跋筊【博局】

　　河洛話用一個字稱「賭博」，說puảh（ㄅㄨㄚ8），有寫做「跋」，廣韻：「跋，蒲撥切，音魃puảh（ㄅㄨㄚ8）」，音雖相符，但「跋」作顛沛、反戾、行路難、跋扈、足後解，與賭博無關，將賭博簡稱「跋」，無理。

　　「跋」宜作「博」，一切經音義十四：「博戲，掩取人財物也」，論語陽貨：「不有博弈者乎」，皇疏：「博者，十二棊而擲采者也」，公羊莊十二：「與閔公博」，博即賭博，弈亦賭博，「博」音phok（ㄆㆦㄍ4），白話讀puảh（ㄅㄨㄚ8）。

　　賭博俗亦稱「博筊」，「筊kiáu（ㄍㄧㄠ2）」字無理，因「筊」作竹索、小簫解，與賭博無關。

　　「博筊」宜作「博局」，漢書吳王濞傳：「皇太子引博局，提吳太子殺之」，博局即賭局，即賭博，「局」讀kiỏk（ㄍㄧㆦㄍ8），口語轉讀kiáu（ㄍㄧㄠ2）。

　　河洛話稱賭博為「博」或「博局」，作動詞；稱賭局為「局」，作名詞，如局伴【賭友】、獵局【抓賭】、局間【賭博的處所】、掌局【主持賭局，「掌」白讀tsíng（ㄐㄧㄥ2）】。

0531

服桶【跋桶】

　　在早期普遍使用井水的年代裡，井欄上總置有綁著繩子的吊桶，那是汲水時不可或缺的器具，河洛話稱puàh-tháng（ㄅㄨㄚㄏ8-ㄊㄤ2）【或phuàh-tháng（ㄆㄨㄚㄏ8-ㄊㄤ2）】，臺灣漢語辭典作「服桶」，周禮夏官司弓矢：「中秋獻矢箙」，注：「箙，盛矢器也」，釋文：「箙，本亦作服」，故服乃置車上或掛車中之扁形盛器，用以盛矢，本與汲水之吊桶無關，後來或許汲水之吊桶倣之，而作汲水之用。

　　按桶之形式極多，於「桶」字前冠人體部位者如面桶、腳桶，冠所盛之內容物者如水桶、尿桶、屎桶、飯桶、酒桶、潘桶【「潘」讀做phun（ㄆㄨㄣ1），乃盛放廚餘或食餘的桶子】，冠用途者如育桶【「育」白讀io（一ㄛ1），乃早期孕婦生子時所用，孕婦坐於桶上，將嬰兒生於桶內，謂之「坐盆」，後人稱生產為「臨盆」，即由此出】，冠名詞者如馬桶、囝孫桶，冠動詞者如吊桶。

　　以吊桶汲水時，吊桶垂至水面，須甩繩使桶口傾斜向下入水，吊桶始得以快速沉入水中汲取井水，這過程，吊桶呈顛沛不穩狀，顛沛不穩即「跋puàh（ㄅㄨㄚㄏ8）」，說文：「跋，蹎也」，以是故，汲水吊桶即稱「跋桶」，狀其使用情形也。

0532　煩擱、拌擱【攀攬】

　　臺灣漢語辭典：「有煩擱，耐用也，經得起考驗也」，釋文：「煩擱，猶挼莎也」，「煩puâⁿ（ㄅㄨㄚ5鼻音）【同攍】」、「擱nuá（ㄋㄨㄚ2）」、「挼juê（ㄗˊㄨㄝ5）」、「莎so（ㄙㄜ1）」皆手部動作。

　　高階標準臺語字典「拌puāⁿ（ㄅㄨㄚ7鼻音）」條下：「拌擱【漢儒寫做煩擱】」，「拌」亦手部動作，惟「煩」五調，置前變七或三調【如「臺中」俗說成「呆中」、「大中」兩種語音，「黃昏」說成「方昏」、「鳳昏」兩種語音，不過俗以五調置前變七調為常態】，「拌」七調，置前變三調。

　　廈門音新字典亦有「puâⁿ-nuá（ㄅㄨㄚ5鼻音-ㄋㄨㄚ2）」條，作「交陪」義，即交際應酬，民間說法多以此義為主，作「煩擱」、「拌擱」似不合。

　　puâⁿ-nuá（ㄅㄨㄚ5鼻音-ㄋㄨㄚ2）即交陪，宜作「攀攬」，乃「攀關係攬交情」之略，即交際應酬。「攀」可讀pan（ㄅㄢ1），如攀枝【木棉，俗作「斑芝」】；可讀puaⁿ（ㄅㄨㄚ1鼻音），如攀山過嶺。「攬lám（ㄌㄚㄇ2）」可轉nuá（ㄋㄨㄚ2）。

　　「攀」一調，置前變七調，故「攀攬」與「煩擱」語音同，與「拌擱」調微差。

芭樂【桲仔】

　　廣韻：「桲，榅桲，果樹名，似櫨」，廣韻：「桲，薄沒切，音勃puát（ㄅㄨㄚㄅ8）」。

　　河洛話即稱「番石榴」為「桲仔puát-á（ㄅㄨㄚㄅ8-ㄚ2）」，北京話仿其聲，稱「芭樂」。

　　臺灣民間則另稱芭樂為liá-puát（ㄌㄧㄚ2-ㄅㄨㄚㄅ8）或niá-puát（ㄋㄧㄚ2-ㄅㄨㄚㄅ8），俗有作「嶺桲 【亦有作「嶺拔」，屬記音寫法，義不可行】」，以此果長在坡嶺上，故稱「嶺桲」，此誠牽強之詞，誰說番石榴只長在坡嶺上？臺灣平地到處可見番石榴，很多芭樂園也都闢於平地，說芭樂為「嶺桲」，無理！

　　番石榴形似梨，以是故，洛陽花木記：「梨之別種二十七，榅桲，梨其一也」，臺灣斗南一帶即稱番石榴為「梨仔桲lâi-á-puát（ㄌㄞ5-ㄚ2-ㄅㄨㄚㄅ8）」【指梨形的桲】，若唸快一點，急讀縮成兩音，剛好就是liá-puát（ㄌㄧㄚ2-ㄅㄨㄚㄅ8），可見大家說的liá-puát（ㄌㄧㄚ2-ㄅㄨㄚㄅ8），實為「梨仔桲」急讀縮音的結果。

　　liá-puát（ㄌㄧㄚ2-ㄅㄨㄚㄅ8）不宜作「嶺桲」，宜作「梨仔桲」。

0534 屎苊【屎撥】

有一種人愛胡亂講話，我們說這種人sái-pue-tshuì（ㄙㄞ2-ㄅㄨㄝ1-ㄘㄨㄧ3），tshuì（ㄘㄨㄧ3）即「喙【嘴】」，sái-pue（ㄙㄞ2-ㄅㄨㄝ1）則指早期無衛生紙時，人們大便後用以刮淨肛門的東西，有人將之寫做「屎苊」。

用來刮淨肛門的東西有兩種稱呼，一叫「屎苊仔sái-bih-á（ㄙㄞ2-ㄅ'ㄧㄏ8-ㄚ2）」，以黃麻莖製成而得名，一叫「屎撥sái-pue（ㄙㄞ2-ㄅㄨㄝ1）」，用以撥除肛門餘屎而得名，「撥」本為動詞，在此作名詞用。

舊唐書音樂志：「以木撥彈之」，虞世南琵琶賦：「開金撥以更運」，白居易琵琶行：「曲終收撥當心畫」，「撥」皆作名詞，白讀pue（ㄅㄨㄝ1）【動詞讀puah（ㄅㄨㄚㄏ4）】。

在日常生活中，吾人稱船槳為「船撥」，稱乒乓球拍為「乒乓球撥」，稱羽球拍為「羽球撥」，稱幫助穿鞋的器具為「鞋撥」，「撥」都白讀pue（ㄅㄨㄝ1）。

一個人勉強出頭，從事自己無法勝任的工作，河洛話說「胡蠅【胡蟵，即蒼蠅】舞屎撥」，對蒼蠅來說，「屎撥」算是龐然大物，哪是蒼蠅舞得動的？

0535 㖸詩詩【㖸飛飛】

聽過喝醉酒的人搖晃著不穩的腳步說他「人飛飛lâng-pue-pue（ㄌㄤ5-ㄅㄨㄝ1-ㄅㄨㄝ1）」，這是可以理解的，因為他感覺人飄飄然，好像要飛起來一樣。

河洛話除說「人飛飛」，還說「㖸飛飛」，如「他㖸飛飛，愛四界烏白講話」，這「㖸飛飛」意思是嘴巴虛浮不踏實，話語像四處飄飛一般，毫無節制，胡亂說話；按「㖸」即「嘴」，不過「嘴」从角，指角質口，如雞嘴、鴉嘴、鵝嘴，「㖸」从象口會意，本指豬 【豕】 的長㖸，後泛指肉質口，如豬㖸、狗㖸、牛㖸，人的口屬肉質口，應作「㖸」 【見0985篇】 ，故說「㖸飛飛」。

有作「㖸詩詩」，詩，違逆也，混亂也，與「哱」通，本指違逆或混亂的話語，一個人愛亂說話，不知節制，即為「㖸詩詩」，義合，但韻書注「詩」讀去聲三、七調或入聲四、八調，不讀平聲一調，作「㖸詩詩」與口語調不相符。

俗說亂說話的嘴巴為「屎撥㖸」 【見0534篇】 ，亦可作「使飛㖸」，「飛㖸」由「㖸飛飛」轉來，使，用也，「使飛㖸」即運用毫無節制的嘴巴，與「屎撥㖸」義近。

0536 辯解【排會、撥會、抵會】

　　「會huē（ㄏㄨㄝ7）」可作理解義，或說自己已理解，或說使對方理解，或說使彼此間理解，如「我有所理會」、「我來給你會一下」、「大家共同會一下」，用於後兩者，有時引申作化解歧見、化解衝突、認錯、道歉義。

　　俗口語有時在「會」之前加pué（ㄅㄨㄝ2），說成pué-huē（ㄅㄨㄝ2-ㄏㄨㄝ7），臺灣漢語辭典作「辯解」，感覺詞意狹隘，難以引申作認錯、道歉義，且「辯解piān-kái（ㄅㄧㄢ7-ㄍㄞ2）」與pué-huē（ㄅㄨㄝ2-ㄏㄨㄝ7）音與調相差都極大。

　　高階標準臺語字典作「排會」，謂排除歧見而使理解，義可行，惟「排」須轉音轉調訓讀為pué（ㄅㄨㄝ2）。

　　或可作「撥會」，謂撥除歧見而使理解，詞構同「排會」，「撥」可白讀pué（ㄅㄨㄝ2），如撥開、撥草、撥蜘蛛絲【轉作名詞時讀pue（ㄅㄨㄝ1），如鞋撥、船撥、球撥】。

　　或可作「抵會」，方言一：「抵，會也，雍梁之間曰抵，秦晉亦曰抵」，「抵會」即「會」，為同義複詞，「抵tué（ㄅㄨㄝ2）」音轉pué（ㄅㄨㄝ2）。

0537 噴雞規【歕雞膍、歕雞頯】

　　說大話，北京話稱「吹牛」、「吹牛皮」，河洛話說pûn-ke-kui（ㄅㄨㄣ5-ㄍㄝ1-ㄍㄨㄧ1），俗多作「噴雞規」，「規」字音雖合，義卻難解。

　　「雞規」今稱「氣球」，其實是氣球的前身，氣球乃近代科技產物，從巴西橡膠樹提取乳膠液原料後，將乳膠液附著在氣球模型上即可製成氣球，而科技產物氣球被製造出來之前，我們的祖先其實早就知道吹雞規取樂了。

　　有人將雞規寫做「雞胃」，雞胃即雞的砂囊，雞連小石子都吃，置於砂囊幫忙磨碎食物，可見雞胃何其堅韌，取其內膜可吹成球狀，故稱「歕雞胃」，但廣韻：「胃，于貴切，音謂uī（ㄨㄧ7）」，調不符。

　　「雞胃」宜作「雞膍」、「雞膍」，集韻：「頰下曰頯，或作膍」，指雞頷下之囊，可藏食物，亦堅韌具彈性，可供吹氣取樂，集韻：「膍，居希切，音機ki（ㄍㄧ1）」，可轉kui（ㄍㄨㄧ1）。

　　廣韻：「噴，吐氣也」，說文：「歕，吹氣也」，雖噴通歕，吹氣球用「歕」字較佳。

ph

ph

ph

（ㄆ）

趴趴走【跑跑走】

北京話「趴趴走」是個新詞彙，無庸置疑的，它源自河洛話 pha-pha-tsáu（ㄆㄚ1-ㄆㄚ1-ㄗㄠ2），屬臺灣國語。

中文大辭典：「趴，與爬同，一、搔也，二、伏也，三、登也」，因「趴」屬形聲字，從足八聲，讀如「八peh（ㄅㄝㄏ4）」，又有「登」義，故在河洛話裡頭，其用例有：趴山、趴樓梯……。將到處跑寫做「趴趴走」，不妥。

河洛話有俗諺說「日時走跑跑，暗時點燈蠟」，言白天四處跑，到處玩樂，夜晚才點燈點蠟燭加班趕工。「走跑跑」讀做 tsáu-pha-pha（ㄗㄠ2-ㄆㄚ1-ㄆㄚ1）。

釋名釋姿容：「徐行曰步，疾行曰趨，疾趨曰走」，中華大字典：「俗謂趨走曰跑」，清楚分別步、行、趨、走，而「跑」即「走」【河洛話稱「跑」為「走tsáu（ㄗㄠ2）」，如拔腿跑說成「起腳走」；稱「走」為「行kiâⁿ（ㄍㄧㄚ5鼻音）」，如走路說成「行路」】。

跑，薄交切，音庖pâu（ㄅㄠ5），口語讀pháu（ㄆㄠ2），如長跑、短跑；因從足包聲，口語亦讀如包pau（ㄅㄠ1），音轉pha（ㄆㄚ1），如走跑跑、跑跑走。

0539 拋車轔【翻車輪、翻車轔】

　　翻跟頭、翻跟斗、翻筋斗、翻觔斗、翻金斗、打跟頭、打筋斗，以上多種說法，其義一也，乃指頭手同時著地，臀部翹起，腳用力一蹬，將身子翻轉過來的一種撲跌動作，北京話說法雖多，河洛話說法倒不多，河洛話說pha-tshia-lin（ㄆㄚ1-ㄑㄧㄚ1-ㄌㄧㄣ1），俗多作「拋車轔」。

　　「拋車轔」的寫法不佳，其一，「拋」作棄、擲解，如拋棄、拋繡球，與「翻跟頭」毫無關係；其二，「拋車」是個成詞，乃古時的一種戰車，用來拋擲石塊襲擊敵陣，唐書高麗傳：「列拋車飛大石」，也和「翻跟頭」無關。

　　pha-tshia-lin（ㄆㄚ1-ㄑㄧㄚ1-ㄌㄧㄣ1）宜作「翻車輪」、「翻車轔」，言翻跟頭的樣子就像翻轉車輪一般，「翻huan（ㄏㄨㄢ1）」白話讀puaⁿ（ㄅㄨㄚ1鼻音），如「翻過山」，不過口語也讀做pha（ㄆㄚ1）。

　　禮儀既夕禮遷於祖用軸注：「軸狀如轉轔」，疏：「轔，輪也」，轔lîn（ㄌㄧㄣ5）、輪lûn（ㄌㄨㄣ5）皆指車輪，口語訛轉讀成一調，讀做lin（ㄌㄧㄣ1）。

打折【批折】

　　每到換季，百貨公司常推出大拍賣活動，物品打四折五折賣出，有時甚至一折二折，消費者簡直樂翻天。

　　單就字面來說，「打折」兩字，河洛話應讀做táⁿ-tsiat（ㄅㄚ2鼻音-ㄐㄧㄚㄉ4），不是一般說的phah-tsiat（ㄆㄚㄏ4-ㄐㄧㄚㄉ4），這和「打招呼」一樣，三字本應讀táⁿ-tsio-hơ（ㄅㄚ2鼻音-ㄐㄧㄜ1-ㄏㄜ1），不能讀phah-tsio-hơ（ㄆㄚㄏ4-ㄐㄧㄜ1-ㄏㄜ1），因為「打」音táⁿ（ㄅㄚ2鼻音），不是phah（ㄆㄚㄏ4）。

　　有人說「拍賣」既讀做phah-bē（ㄆㄚㄏ4-ㄅ'ㄝ7），phah-tsiat（ㄆㄚㄏ4-ㄐㄧㄚㄉ4）便可寫做「拍折」，其實「拍賣」是指商品以接近批發價的價格賣出，應寫做「批賣」，「打折」應寫做「批折」。集韻：「批，音甓phiàt（ㄆㄧㄚㄉ8）」，音轉phah（ㄆㄚㄏ4）。

　　日本話稱「折扣」為「割引kuah-ín（ㄍㄨㄚㄏ4-ㄧㄣ2）」，河洛話受日語影響，打八折即打二扣，稱為「二割引」。

0541 【破損、發損、暴殄、暴損】

貶損、費損

　　物事破損、浪費或可惜的現象，河洛話說phah-sńg（ㄆㄚㄏ4-ㄙㄥ2）。

　　有作「貶損」，本作貶抑、減省、消瘦憔悴解，無浪費、事物破損義，且「貶」讀二調【讀入聲時，與「乏」通】，音義皆不合。

　　有作「費損」，張九齡讓賜宅狀：「今崇其甲第，更使增修，或恐因緣，多有費損」，費損，耗費也，義合，但「費」讀huì（ㄏㄨㄧ3），音欠合。

　　有作「破損」，宋史貨食志：「民間會子破損」，破損亦耗費也，義合，「破phò（ㄆㄛ3）」俗亦讀phah（ㄆㄚㄏ4），如破頭陣、破眼、破敗【擊敗】，「破損」亦是。

　　有作「發損」，發，致使也，發損，即致使有損，而「發」可讀phah（ㄆㄚㄏ4）。

　　或可作「暴殄」，即耗損。詩鄭風：「襢裼暴虎」，暴虎，空手搏虎也，陳奐傳疏：「暴、搏、捕，一語之轉」，三字皆讀phah（ㄆㄚㄏ4）。則「暴殄」可白讀phah-sńg（ㄆㄚㄏ4-ㄙㄥ2）【「殄」與「盡」同語，讀tsín（ㄐㄧㄣ2），音轉sńg（ㄙㄥ2）。「殄」具死亡義，可用在較嚴重的phah-sńg（ㄆㄚㄏ4-ㄙㄥ2），如「嬰兒暴殄去」】。或可作「暴損」，詞構與「暴殄」同。

0542　打拼【發奮】

　　努力、發奮，河洛話說phah-piàn（ㄆㄚㄏ4-ㄅㄧㄚ3鼻音），俗多作「打拼」，因「打」讀tán（ㄉㄚ2鼻音），有人便改「打」為抌、拍、扑、搏、拍。「拼【或拌、拚】」作「除去」義，中文大辭典：「拼，與拚同」，廣雅釋詁一：「拚，棄也」，集韻：「掃除也，或作拚」，如此一來，再拼【拚、拌、拚】恐怕皆與發奮無關。

　　臺灣漢語辭典直寫「發奮」，按「發奮」可二讀，一讀phah-phún（ㄆㄚㄏ4-ㄆㄨㄣ2），作爭脫義，一讀phah-piàn（ㄆㄚㄏ4-ㄅㄧㄚ3鼻音），作奮力而為義。

　　「發」可讀phah（ㄆㄚㄏ4），如發頭陣、發不見、發銃、發普光【天剛亮】，一些含「發」的字，如撥、潑，口語音皆與phah（ㄆㄚㄏ4）相近。

　　「奮」讀hùn（ㄏㄨㄣ3），說文通訓定聲：「奮，從奞【大佳】在田上會意」，作佳【無尾鳥禽】展翅成大字自田奮起義，我們想像其聲，應該是phiàt（ㄆㄧㄚㄉ8）、phiàh（ㄆㄧㄚㄏ8）的音，口語音轉piàn（ㄅㄧㄚ3鼻音），如奮力、夆奮、奮命、奮性命，「發奮」也是。

0543　打拼【搏拚】

　　河洛話說發奮努力為phah-piàn（ㄆㄚㄏ4-ㄅ一ㄚ3鼻音），不宜作「打拼」，臺灣漢語辭典作「發奮」【見0542篇】，但「奮hùn（ㄏㄨㄣ3）」讀做piàn（ㄅ一ㄚ3鼻音），有以為勉強【其實廣韻注「拚」方問切，音奮hùn（ㄏㄨㄣ3），口語讀piàn（ㄅ一ㄚ3鼻音）】。

　　按集韻：「拚，卑正切，音併piàn（ㄅ一ㄚ3鼻音）」，除也，與「摒」同，集韻：「摒，博雅，除也，或音从并」，故「拚」作除義，與發奮努力無關。

　　「拚」俗亦讀piàn（ㄅ一ㄚ3鼻音），亦作掃除義，不過另有用法，高階標準臺語字典：「拚，同併字，但含義略有不同，有使盡吃奶的力，且另有盡除的意思。併字只有對競的意思，拚字則有出盡身命除敵的意思，如拚命、拚生死、拚性命」。

　　按「拚命」俗亦說「搏命」，「拚生死」俗亦說「搏生死」，「拚性命」俗亦說「搏性命」，搏即拚，拚即搏，搏拚，搏也，亦拚也，即盡力而為，即發奮努力，是個同義複詞。而「搏」可讀phah（ㄆㄚㄏ4），如搏鬥、相搏、搏拳頭。

　　以是故，phah-piàn（ㄆㄚㄏ4-ㄅ一ㄚ3鼻音）可作「搏拚」。

打電話【撥電話】

河洛話大師許成章先生生前曾經有過感慨，北京話用一個「打」字便要打遍天下，河洛話說成phah（ㄆㄚㄏ4）的，換成北京話，幾乎都寫成「打」，這種機械式的簡單做法極易出問題，他深不以為然。

「打」是一種極為明確的手部動作，那麼試問電話如何「打」？算盤如何「打」？開窗戶為何也稱「打」？驚動草中的蛇，怎會是「打」草的關係？

打電話、打算盤、打開窗戶、打草驚蛇的「打」字，河洛話都讀phah（ㄆㄚㄏ4），其實都應該寫做「撥」，不是寫做「打」。

「發」可讀phah（ㄆㄚㄏ4），如發銃、發噎、發派、發奮、發不見，以「發」為聲根的形聲字「潑」、「撥」、「譿」、「墢」口語亦讀phah（ㄆㄚㄏ4），如潑火、撥支票、撥未開、撥平、撥落公、譿英語、墢稜，前述四個語詞寫做撥電話、撥算盤、撥開門窗、撥草驚蛇，音義都相當準確，才是正確寫法。

今人說「撥電話」為「khà（ㄎㄚ3）電話」，是訛讀音，算是衍生音的一個顯例。

0545 打算【盤算】

　　「打」的河洛話讀做táⁿ（ㄅㄚ2鼻音），不讀做phah（ㄆㄚ
ㄏ4），因此將河洛話phah4（ㄆㄚㄏ4）翻寫成「打」的語詞很多
都有問題。

　　前文以「撥」字為例，本文則舉「盤」字為例。例如含
「打」字的造詞，如打算、打結、打坐、打地基、打鈕釦，詞中
「打」字的河洛音都讀做phah（ㄆㄚㄏ4），其實都是由「盤」
字轉來，原本應作盤算、盤結、盤坐、盤地基、盤鈕仔才對。

　　不過韻書注「盤」只讀一個音，廣韻：「盤，薄官切，音
皤phuân（ㄆㄨㄢ5）」，如盤古開天，口語音亦讀puâⁿ（ㄅㄨㄚ
5鼻音），如碗盤，是個典型平聲字，怎能讀入聲phah（ㄆㄚㄏ
4）？

　　按，佛經有「般若」一詞，「般」字就讀做phuat（ㄆㄨ
ㄚㄉ4），這是古音，至少唐朝以前這樣讀，含聲根「般」的
「盤」字亦因此可讀入聲，如青龍盤柱、盤腳、頷頸盤圍巾的
「盤」口語就讀phuàh（ㄆㄨㄚㄏ8），而盤算、盤結、盤坐、盤
地基、盤鈕仔的「盤」口語則讀phah（ㄆㄚㄏ4）。

忿懥懥【怖串串】

河洛話說「發怒」為khí-phaiⁿ（ㄎㄧ2-ㄆㄞ2鼻音），有作「起忿【或起憤】」，雖「忿」、「憤」皆怒也，義可行，但「忿」、「憤」音hùn（ㄏㄨㄣ3），如忿怒、憤怒，要音轉不同調值的phaiⁿ（ㄆㄞ2鼻音）較為困難。

phaiⁿ（ㄆㄞ2鼻音）宜作「怖」，玉篇：「怖，怒也」，可讀phaiⁿ（ㄆㄞ2鼻音），以「市」為聲根的形聲字如沛、旆、佈、肺、霈，在廈門音新字典裡都讀phai（ㄆㄞ）音，將發怒寫做「起怖」，音義皆合。

俗稱發怒為「怖phaiⁿ（ㄆㄞ2鼻音）」，進而形容怒甚，則有四種說法，一為phaiⁿ-tshǹg-tshǹg（ㄆㄞ2鼻音-ㄘㄥ3-ㄘㄥ3），宜作「怖串串」【有作「忿懥懥」，但「忿」字欠當】；二為phaiⁿ-tshiⁿ-tshiⁿ（ㄆㄞ2鼻音-ㄘㄧ3鼻音-ㄘㄧ3鼻音），亦作「怖串串」；三為phaiⁿ-tshì-tshì（ㄆㄞ2鼻音-ㄘㄧ3-ㄘㄧ3），應作「怖刺刺」；四為phaiⁿ-tshìng-tshìng（ㄆㄞ2鼻音-ㄑㄧㄥ3-ㄑㄧㄥ3），可作「怖衝衝」。詞義一樣，寫法不同，感覺就有一些微差。

0547 【起債、起叛、起畔】
起盤、起奮

債，奮也，迸也，引申翻臉、耍賴，甚而作動怒、動粗義，即所謂「起債khí-phàn（ㄎㄧ2-ㄆㄢ3）」。

khí-phàn（ㄎㄧ2-ㄆㄢ3）俗多作「起盤」，屬粗淺之記音寫法，不足取。

有作「起奮」，「奮」謂面大貌，為罵人語，亦不足取。

既是翻臉、動怒、動粗，即有「反」義，宜作「起叛」，說文：「叛，半反也」，廣雅釋詁三：「叛，亂也」，正字通：「叛，離叛也」，左氏襄三十一疏：「叛，違也」，如叛人、叛亡、叛夫、叛臣、叛逆、叛逃……，皆作以上義。

按「叛」有分輕重，重者反亂，其次者反背，輕者反違，反亂者武強作亂，反背者暴橫而背，反違者跋扈相違，亦即動粗、動怒、翻臉三種行為，河洛話說「起叛」，有輕重之分，與反亂、反背、反違若相符節。

「起叛」亦可作「起畔」，說文通訓定聲：「畔，假借為叛」，詩大雅皇矣：「無然畔援」，箋：「畔援，跋扈也」，釋文：「畔援，武強也」，故「起畔」、「起叛」同。

0548 盤仔【販仔、奤仔】

　　河洛話有一句罵人的話phàn-á（ㄆㄢ3-ㄚ2），俗戲寫為「盤仔」，這當然不通，不過還好，若戲寫為「胖仔」，恐怕天下胖者要抗議了。

　　高階標準臺語字典作「販仔」，言早期到府城辦貨的小販，常淪為府城商行的敲詐對象，府城人私譏這些小販為phàn-á（ㄆㄢ3-ㄚ2），這說來似乎有理，古宋地小販亦常淪為被敲詐對象，被譏稱為「宋販」，道理是一致的。

　　phàn-á（ㄆㄢ3-ㄚ2）一詞在譏人老實易欺，或面孔類近蠢笨，亦可作「奤仔」，奤，顃之俗字，廣韻：「顃，面大貌，奤，俗」，集韻：「奤，面大也」，河洛話說人面大大概有三義，一為福泰之貌，二為大面生【即厚臉皮】，三為呆笨之相，「奤」即第三者。

　　「奤仔」一詞在譏人面大、俗氣、語音不正，陸容菽園雜記卷十二：「南人罵北人為奤子」，趙元任鐘祥方言記亦如是說，醉花陰套曲：「撒一會津，賣一會呆，見不上學蠻撒奤」，集韻：「奤，普伴切」，讀phàn（ㄆㄢ3）。

0549 香香兩兩【芳香二兩】

「芳」、「香」二字混用，今似已難分辨，反正芳者香也，香者芳也，差不多。

「芳」从艸方，方亦聲，本義作香草，古因「方」通「放」，引申為香草吐放之香氣。「香」从黍省从甘【口】，本義做黍之甘美味道。可知，「芳」是氣味，屬嗅覺，可用鼻子聞出來，「香」是味道，屬味覺，可用嘴巴吃出來，因此像香水、香花、香粉、香精等，只供聞嗅，不作食用，應寫做芳水、芳花、芳粉、芳精。

禮儀士冠禮注：「芳，香也」，說文：「香，芳也」，芳香混用久矣，加上「芳」、「香」皆讀平聲一調，聲部ㄆ與ㄏ又可通轉，「芳」「香」音與義便更加難分。

廣韻：「芳，敷方切」，讀做hong（ㄏㄛㄥ1），如芬芳，口語讀phang（ㄆㄤ1），如芳水。廣韻：「香，許良切」，讀做hiong（ㄏㄧㄛㄥ1），如香港；口語讀hiang（ㄏㄧㄤ1），如五香；亦讀hiuⁿ（ㄏㄧㄨ1鼻音），如燒香。

俗「香香兩兩【二兩會香的香】」一詞，其實應作「芳香二兩」，雖「兩liáng（ㄌㄧㄤ2）」口語亦讀七調nñg（ㄋㄥ7），作「二nñg（ㄋㄥ7）」則更簡明。

爆米香、爆米芳【爆米麷】

時下流行的零食「爆米花」是洋食品，它和我們傳統的「爆米香pōng-bí-phang（ㄅㄛㄥ7-ㄅˊㄧ2-ㄆㄤ1）」可說大同小異，都深受大家喜愛。

說文：「香，芳也」，集韻：「香，虛良切，音鄉」，大抵有三種讀音，文讀hiong（ㄏㄧㄛㄥ1），如香港、香雨；白讀hiang（ㄏㄧㄤ1），如五香、百香果；亦白讀hiuⁿ（ㄏㄧㄨ1鼻音），如燒香、香火、香菇。河洛話phang（ㄆㄤ1）雖具「香」義，卻不作「香」，而作「芳」。【見0549篇】

廣韻：「芳，敷方切」，文讀hong（ㄏㄛㄥ1），如芬芳、芳名，白讀phang（ㄆㄤ1），如芳水、芳味，因此有人便改「爆米香」作「爆米芳」。

章氏叢書新方言：「郝懿行曰：今江南人烝稬米暴乾取【即炒】之呼米麷，麷讀如蓬，謂蓬蓬然張起也」，可見「米麷bí-phang（ㄅˊㄧ2-ㄆㄤ1）」是江南方言，江南號稱魚米之鄉，將米爆成「米麷」做零食，乃極自然之事。

pōng-bí-phang（ㄅㄛㄥ7-ㄅˊㄧ2-ㄆㄤ1）應作「爆米麷」，不作「爆米芳」。

0551 放其【罔去、發不見】

　　東西遺失不見了，河洛話稱phàng-khì（ㄆㄤ3-ㄎㄧ3），俗都將phàng（ㄆㄤ3）作「放pàng（ㄅㄤ3）」，但若將phàng-khì（ㄆㄤ3-ㄎㄧ3）寫做「放棄」、「放去」、「放氣」，音雖皆合，義卻皆不合，不妥。

　　臺灣漢語辭典作「放其」，孟子告子上：「放其心而不求知……其所以放其良心者」，音義可通，然左氏宣元：「晉放其大夫胥甲父于衛」，義卻不可行，故亦欠妥。

　　其實phàng-khì（ㄆㄤ3-ㄎㄧ3）兩字本調應分別為二三調，非三三調，尾字因輕讀，故首字沒變調，口語音變調後很像二三調，若後加「錢」字，因置前兩字必須變調，就變成一二調了，可知置前兩字本調應為二三調。

　　故遺失不見不是phàng-khì（ㄆㄤ3-ㄎㄧ3），是pháng-khì（ㄆㄤ2-ㄎㄧ3），宜作「罔去」，俗亦說「無去」【說時「無」置前不變調，「去」字輕讀，與「去」字本調接近】，說文通訓定聲：「罔，假借為無」，罔，文紡切，白讀báng（ㄅㄤ2），音轉pháng（ㄆㄤ2）。

　　或係「發不見phah-m̄-kìⁿ（ㄆㄚㄏ4-ㄇㄇ7-ㄍㄧ3鼻音）」，合讀成pháng-kì（ㄆㄤ2-ㄍㄧ3）。

0552　冇手【夯手、破手】

　　河洛話「冇手phàⁿ-tshiú（ㄆㄚ3鼻音-ㄑㄧㄨ2）」意指出手闊綽，或為富者之習氣，或為誇炫之故意，不管如何，給人「浪費」的印象。

　　「冇」是個有趣的字，與「有」相對，作沒有、不實、虛弱、稀鬆……義，如冇柴【朽木】、冇粟【秕子】、冇話【空話】……，則「冇手」應作空手義，非出手闊綽。

　　說文：「夯，大也，从大卯聲」，段注：「此謂虛張之大」，正字通：「夯，方言，以大言冒人曰夯」，史記建元以來王子侯者年表：「南夯侯公」，索隱：「夯，空也，虛大也」，可見「夯」有虛張、誇炫之故意，為了誇炫而故意闊綽出手的行為即為「夯手」，集韻：「夯，披教切，音炮phàu（ㄆㄠ3）」，因「教」口語讀kà（ㄍㄚ3），「夯」口語可讀phà（ㄆㄚ3），音轉phàⁿ（ㄆㄚ3鼻音）。

　　中文大辭典：「耗散錢物謂之破」，如破財、破家敗產、破費……，「破」作耗費義，「破phò（ㄆㄛ3）」俗亦讀phà（ㄆㄚ3）、phah（ㄆㄚㄏ4），如破頭陣、破眼、破敗【擊敗】……；亦讀phàⁿ（ㄆㄚ3鼻音），如破手，指出手闊綽之浪費行為。

0553　把妻、泡妻【泡妾】

　　北京話「把妹」、「泡妹」，或「把馬子」、「泡馬子」，意即男人追求女人，「把」、「泡」即追求，「妹」、「馬子」指女人，河洛話則說phā-tshit（ㄆㄚ7-ㄑㄧㄅ4）。

　　這不是新詞彙，異性相吸，男追女，自古已然。在早期男尊女卑的社會裡，男子可多妻，男子成家後，往往還會尋花問柳，四處留情，這種情形就是所謂的phā-tshit（ㄆㄚ7-ㄑㄧㄅ4），若寫做把妹、把馬、泡妹、泡馬，當然不宜。

　　phā（ㄆㄚ7）不宜作「把」，韻書注「把」讀pa（ㄅㄚ）音二、三、五調，不讀七調，寫做「泡」才是正寫，一來「泡」作浸漬義，如泡菜、泡澡、泡茶、泡飯，男子沉浸在追求女子的美好情境裡亦然，故稱「泡」，集韻：「泡，皮教切，音皰phāu（ㄆㄠ7）」，亦讀phā（ㄆㄚ7），口語帶鼻音，讀做phāⁿ（ㄆㄚ7鼻音）。

　　俗有將tshit（ㄑㄧㄅ4）作「妻」，意指該女子可作日後之妻，有理趣，義可行，惟「妻」讀tshe（ㄘㄝ）一、三調，不讀入聲，寫做「妾」則佳，廣韻：「妾，七接切」，可讀tshih（ㄑㄧㄏ4）、tshit（ㄑㄧㄅ4）。

0554 【暴頭露面、逋頭露面】
拋頭露面

「拋頭露面」是個成語，在封神演義、蕩寇誌、川劇的「柳蔭記」、康有為的「廣藝舟雙楫」等都出現過。雖然這樣，它和「拋頭顱灑熱血」的「拋頭」卻不同，一指「暴露頭部」，一指「拋棄頭部」，字與音皆相同，差別卻極大。

把「暴露頭面」寫成「拋頭露面」，乃北京話錯誤翻說河洛話的結果，河洛話說phau-thiô-lō-bīn（ㄆㄠ1-ㄊㄧㄜ5-ㄌㄛ7-ㄅ'ㄧㄣ7），「拋」音phau（ㄆㄠ1），「拋頭露面」便替代成詞，後代解義者乃：「拋，暴露也」，甚至「拋露」亦成詞。

「爆竹一聲除舊歲」的「爆【同炮】」口語讀phàu（ㄆㄠ3），可見聲根「暴」口語可讀phau（ㄆㄠ）的音，若將「拋頭露面」改作「暴頭露面」，不但音義皆合，而且「暴」對「露」，「頭」對「面」，詞性平仄皆相對，是典型的成語構詞方式。

揚雄法言先知：「病者獨，死者逋」，諸子平議法言二：「逋乃膊之假字」，方言：「膊，暴也」，由此可知，逋po（ㄅㄛ1），暴露也，白讀phau（ㄆㄠ1），將「暴頭露面」寫做「逋頭露面」，亦可行。

0555　呸噗採【呸噗踩】

　　有時人因亢奮、憤怒、著急或疾病等諸種因素，會產生心臟狂跳，血流加快的現象，河洛話往往用象聲詞「呸噗phi-phȯk（ㄆㄧ1-ㄆㆦㄍ8）」來形容這種狀況，然後再於「呸噗」之後加字成詞，最常見的，例如「呸噗叫」，即呸噗呸噗的叫著。

　　另有「呸噗跳」，即呸噗呸噗的跳著，此處「跳」有兩種讀法，一讀thiàu（ㄊㄧㄠ3），一讀tiô（ㄅㄧㆦ5）【亦作越】；而「呸噗彈」即呸噗呸噗的彈跳著，「呸噗雀」即呸噗呸噗的雀躍著，「雀」讀tshik（ㄘㄧㄍ8）。

　　另有「呸噗喘」，即呸噗呸噗的喘著，此處「喘」俗有兩種讀法，一讀tshuán（ㄘㄨㄢ2），一讀tshíng（ㄑㄧㄥ2），其中tshíng（ㄑㄧㄥ2）的讀法或有可能是由tshik（ㄘㄧㄍ8）轉來。

　　另有「呸噗採」，「採」讀tshái（ㄘㄞ2），或讀成帶鼻音tshái^n（ㄘㄞ2鼻音），改作「呸噗踩」亦可，言心臟呸噗呸噗響，好像一上一下踩著急促而響亮的步伐一般，寫法靈活生動，合情合理。

便宜去【**偏去**】

　　「合讀現象」是河洛話和北京話很大的差異所在，北京話少有「合讀現象」，河洛話卻很多，如「彼一當時」合讀hiàng-sî（ㄏㄧㄤ3-ㄒㄧ5）；「彼一時陣」合讀hit-sūn（ㄏㄧㄅ4-ㄙㄨㄣ7）；「予人錢」合讀hông-tsîⁿ（ㄏㆤㄥ5-ㄐㄧ5鼻音）；「給人講」合讀kâng-kóng（ㄍㄤ5-ㄍㆤㄥ2）；「創啥事由」合讀tshòng-sáⁿ-siâu（ㄘㆤㄥ3-ㄙㄚ2鼻音-ㄒㄧㄠ5）；「出主意」合讀tshut-tsuí（ㄘㄨㄅ4-ㄗㄨㄧ2）；「你過來」合讀lí-kuài（ㄌㄧ2-ㄍㄨㄞ3）……，不勝枚舉。

　　有說「便宜pân-gî（ㄅㄢ5-ㄍㄧ5）」合讀phiⁿ（ㄆㄧ1鼻音），作「佔人家便宜」解，雖兩音合讀一音，卻可寫做「偏」，例如「去荷他便宜去」，即「去荷他偏去」，就像「準備」合讀tshuân（ㄘㄨㄢ5），可寫做「僎」，「彼一當時」合讀hiàng-sî（ㄏㄧㄤ3-ㄒㄧ5），可寫做「向時」一樣。

　　其實「偏」用法較為正確，如「他偏我三萬」與「他便宜我三萬」其實不同，作「佔人家便宜」義的phiⁿ（ㄆㄧ1鼻音），應作「偏」，而非「便宜」合讀而成。

0557　囡仔疕【囡仔䰐】

河洛話稱小孩子為「囡仔gín-á（ㄍ'ㄧㄣ2-ㄚ2）」，有時為特別強調小孩的矮小，會在「囡仔」後加「疕phí（ㄆㄧ2）」字，稱為「囡仔疕」。

廣韻：「疕，普鄙切」，讀phí（ㄆㄧ2），字彙補：「疕，瘡上甲」，即痂，引伸為小，曰「一疕疕仔」，曰「囡仔疕」，但吾人實不知何以痂可引伸小，瘡上甲可不一定小，大瘡的瘡上甲其實也很大，將「疕」喻小乃想當然爾的寫法。

「疕」應作「䰐」，方言十：「䰐，短也，桂林之中謂短䰐」，錢繹箋疏：「罷，皮買反，字亦作䰐，桂林之間謂人短為䰐矮」，皮買反，即讀做phé（ㄆㄝ2），向來韻部e（ㄝ）、i（ㄧ）有通轉現象，如鄭、爭、青、嬰、奶、繡……等皆同時可讀收e（ㄝ）或收i（ㄧ）韻，故「䰐phé（ㄆㄝ2）」亦可讀phí（ㄆㄧ2）。

「一疕疕仔」應寫做「一䰐䰐仔」，「囡仔疕」應寫做「囡仔䰐」。

另，狀矮之疊詞有矮矬矬é-tshák-tshák（ㄝ2-ㄘㄚㄍ8-ㄘㄚㄍ8）、矮䰐䰐é-phí-phí（ㄝ2-ㄆㄧ2-ㄆㄧ2）、矮齜齜é-tsí-tsí（ㄝ2-ㄐㄧ2-ㄐㄧ2）【口語「齜」亦讀一調】。

0558　消乏、瘠瘺【消崩】

　　俗以疲勞乏力為「消乏siau-phiaⁿ（ㄒㄧㄠ1-ㄆㄧㄚ1鼻音）」，長生殿備驛：「小心齊用力，怎敢告消乏」，消乏，疲勞也，義合，惟廣韻：「乏，房法切」，讀huát（ㄏㄨㄚㆴ8），音調不合。

　　有以為疲勞乃疲病之態，宜用「疒」部字，作「瘠瘺」，瘠，酸削也，疼痛也；瘺，半身不遂之病也，雖「瘺phian（ㄆㄧㄢ1）」可轉phiaⁿ（ㄆㄧㄚ1鼻音），音合，義卻不甚相合。

　　siau-phiaⁿ（ㄒㄧㄠ1-ㄆㄧㄚ1鼻音）宜作「消崩」，釋名釋疾病：「消，弱也，如見割削，筋力弱也」，字彙：「消，衰也」，如消乏、消沮、消弱、消瘦，皆取此義。中文大辭典：「崩，弛也」，漢書五行志下之上：「崩，弛崩也」，崩亦潰散也。人體力疲勞潰散，如水之消，如山之崩，故曰「消崩」，而「崩ping（ㄅㄧㄥ1）」可轉phiaⁿ（ㄆㄧㄚ1鼻音）【如聖、正、請、情、定……等亦是】。

　　物失支撐而倒，人因無力而倒，皆曰「崩」，河洛話讀做phiaⁿ（ㄆㄧㄚ1鼻音）。

0559 一砒【一盤】

　　廈門音新字典「砒phiat（ㄆㄧㄚㄉ4）」字條下：「貯湯合菜的缶器，砒仔；一砒菜，四砒一碗湯」。台灣話大詞典【遠流版】「砒」字條下：「小碟，俗曰撇，一砒小菜。四砒一碗湯：四小碟的四種菜與一大碗湯，亦曰和菜」。

　　可惜「砒」為臆造字，字書未見收錄，連以收字奇多著稱的中文大辭典也未收錄。

　　若phiat（ㄆㄧㄚㄉ4）為「小碟」，則phiat（ㄆㄧㄚㄉ4）可作「碟」，可是「碟」讀tih（ㄉㄧㄏ8），河洛話亦見使用，如「豆油碟仔」。

　　論大小，phiat（ㄆㄧㄚㄉ4）比「碟」大，形亦異於「碟」，其形狀大小，倒與「盤」相似，將phiat（ㄆㄧㄚㄉ4）寫做「盤」，似乎較佳。

　　「盤」俗讀puaⁿ（ㄅㄨㄚ5鼻音），惟「盤」从皿般聲，「般」可讀phuat（ㄆㄨㄚㄉ4），佛教用語「般若」即是，故「盤」可讀「般phuat（ㄆㄨㄚㄉ4）」，音轉phiat（ㄆㄧㄚㄉ4）【其實「盤」亦可讀入聲phah（ㄆㄚㄏ4）、phuah（ㄆㄨㄚㄏ8），見0545、0571篇】。

　　「盤」一字分讀兩音，音異卻義同，可說是有趣的現象。

0560　漂ノ、飄翻【飄逸】

河洛話phiau-phiat（ㄆㄧㄠ1-ㄆㄧㄚㄅ4）有二義，一指豪放不羈，一指俊美秀氣。

世說新語：「壹公曰：風霜故所不論，乃先集其慘澹，郊邑正自飄瞥，林岫便已浩然」，「飄瞥」音phiau-phiat（ㄆㄧㄠ1-ㄆㄧㄚㄅ4），臺灣語典卷四：「飄瞥，猶輕狂也」，乃引伸「雪飄之輕且狂」而得「輕狂」義，有其理趣。

「飄瞥」亦可作「飄泊」，「泊」音phik（ㄆㄧㄍ4），音轉phiat（ㄆㄧㄚㄅ4），「飄泊」謂流寓失所，行止無定，猶物之隨水漂流，引伸狂放不羈，高適真定即事詩：「飄泊懷書客，遲迴此路隅」。「飄瞥」引伸「雪之飄飛」而得「輕狂」義，「飄泊」引伸「人之飄寓」而得「不羈」義，其理趣一也。

指俊美秀氣時，俗作「漂ノ」，臺灣漢語辭典作「飄翻」，但「翻」讀一調，調不合，宜作「飄逸」，清波別志卷上：「米元章風度飄逸」，醒世恆言：「舉目看十八姨，體態飄逸」，飄逸即神態舉止瀟灑脫俗，按「逸」本讀iat（ㄧㄚㄅ）四、八調，口語聲化讀phiat（ㄆㄧㄚㄅ）四、八調，如真逸、飄逸、四界逸、逸去臺北。

0561　品【憑】

　　一般婚姻的常態是女嫁男，不過也有反其道而行的，即所謂的「招贅」，招贅往往得立一張「招婚字書」，寫明招婚條件，其內容並無定式，完全「在人品的tsāi-lâng-phín-ê（ㄗㄞ7-ㄌㄤ5-ㄆㄧㄣ2-ㄝ5）」，意思是全在個人如何主張，只要雙方談妥或同意即可。

　　Phín（ㄆㄧㄣ2）指口所言明者，乃雙方所遵循的依憑，寫做「品」並不妥，雖「品」有時與嘴巴、語言有關，卻作品嚐、品評解，非關言明或依憑，「在人品的」意思變成「全在個人如何品嚐或品評」，意思已和口語不合。

　　俗有「口說為憑」之說，意思是說「嘴巴說的話即可以為憑」，這「憑」不正是phín（ㄆㄧㄣ2）？動詞時作「依憑」義，讀做pîn（ㄅㄧㄣ5），名詞時指「所言明之內容」，故「在人品的」宜作「在人憑的」。

　　甚至「憑phín（ㄆㄧㄣ2）」亦可作「有依憑而炫於人」義，紅樓夢第七回：「憑儞什麼名醫仙方」，「憑」即北京話的「炫耀」。

0562 硑硑喘【嗶嗶喘、頻頻喘】

　　運動或恐懼會造成激烈的喘氣現象，北京話作「喘吁吁」，「吁吁」是狀聲詞，靈活生動，造得很好。

　　「喘吁吁」河洛話寫做「硑硑喘 phīⁿ-phīⁿ-tshuán（ㄆㄧ7鼻音-ㄆㄧ7鼻音-ㄘㄨㄢ2）」，廣雅釋詁四：「硑，聲也」，集韻：「硑，石落聲」，廣韻：「硑，硑磕，如雷之聲」，可見「硑硑」亦狀聲之詞，然用來狀「喘」，明顯不妥，較北京話的「吁吁」要失色許多。

　　有作「嗶嗶喘」，集韻：「嗶，喘氣也」，玉篇：「嗶，喘息聲」，可見「嗶嗶」亦狀聲詞，有根有據，當然妥善。

　　亦可作「頻頻喘」，杜甫秋日題鄭監湖亭詩：「賦詩分氣象，佳句莫頻頻」，頻頻，連連也，「頻頻」雖非狀聲詞，卻是道地的副詞，「頻頻喘」即連續不斷的喘氣。

　　phīⁿ（ㄆㄧ7鼻音）亦有讀phēⁿ（ㄆㄝ7鼻音），口語或連兩個 phīⁿ（ㄆㄧ7鼻音），或兩個 phēⁿ（ㄆㄝ7鼻音），亦有讀 phīⁿ-phēⁿ（ㄆㄧ7鼻音-ㄆㄝ7鼻音）。

0563

鼻【齅】

在河洛話裡，名詞動詞化的用例不少，如「米袋袋米」的「袋」、「貨車車貨」的「車」、「紙橐橐紙」的「橐」、「批囊囊批」的「囊」……。

有人也把「鼻phīⁿ（ㄆㄧ7鼻音）」列入其中，造句「用鼻鼻花」，第一個「鼻」是名詞，指五官之一的鼻子，第二個「鼻」是動詞，表示嗅的意思。

那麼，「鼻屎」這個詞該如何解釋？是「鼻中分泌的渣滓物」？還是「用鼻子去嗅大便的氣味」？餘如「鼻頭」、「鼻毛」、「鼻水」也會產生類似的歧義。

動詞作「嗅聞」義的phīⁿ（ㄆㄧ7鼻音）其實可作「齅」，師古曰：「齅，古嗅字也」，從造字原理來看，「齅」字中「臭」是意符，「鼻」是聲符，所以「齅」字應從鼻臭 【嗅】 ，鼻亦聲，讀如「鼻phīⁿ（ㄆㄧ7鼻音）」 【說文作从鼻臭，臭亦聲，讀siù（ㄒㄧ ㄨ3），似非，但後人皆從此說】 。

另「嚊phīⁿ（ㄆㄧ7鼻音）」字從口，喘息也，如嚊嚊喘。「渒phīⁿ（ㄆㄧ7鼻音）」字從水，鼻水也，如流渒 【即「流鼻水」】 。

0564 朴豆【破道】

河洛話「朴豆phò-tāu（ㄆㄛ3-ㄉㄠ7）」大概有兩個意思，一是信口開合【即賣弄口舌】，如「他四界合人朴豆【他到處與人耍嘴皮】」，一是愛表現【即賣弄小藝】，如「他愛朴豆，齣頭特別濟【他愛表現，名堂特別多】」。

作「朴豆」音雖合，卻難解其義，其實phò-tāu（ㄆㄛ3-ㄉㄠ7）宜作「破道」，孔子家語好生：「小辯害義，小言破道」，列御寇：「彼所小言，盡人壽也」，陸德明釋文：「言不入道，故曰小言」，小言，輕率之言也，與河洛話「小話直弄【或作「小話直練」】」的「小話siáu-uē（ㄒㄧㄠ2-ㄨㄝ7）」意思一樣，即信口開合之言，亦即不合大道之言，即「破道」之言，簡略稱之為「破道」。

淮南子泰族訓：「小藝破道，小見不達」，舊唐書薛登傳：「忽君人之大道，好雕蟲之小藝」，小藝，即小技藝，即雜耍之藝，亦即不合大道之藝，即「破道」之藝，亦簡略稱之為「破道」。

賣弄「口舌」與賣弄「小藝」皆「破道」行為，俗即稱「破道」。

0565 噗心【捧心、抱心】

　　「噗」是個標準象聲字，像噗里噗通、噗咚、噗哧、噗喇、噗喇喇、噗楞楞、噗碌碌、噗嗤、撲簌簌、噗嚕嚕，都是象聲詞，河洛話也以「噗」做象聲詞用，如噗噗phòk-phòk（ㄆㄛㄍ8-ㄆㄛㄍ8）、呸噗phi-phòk（ㄆ一1-ㄆㄛㄍ8）。

　　「噗」讀phòk（ㄆㄛㄍ8）、phòh（ㄆㄛㄏ8），河洛話用它象心跳聲，如「心臟噗噗跳」、「心臟呸噗叫」。俗說心悸癱軟之症，因心跳明顯失序，河洛話稱「噗心phòh-sim（ㄆㄛㄏ8-ㄒ一ㄇ1）」。

　　「噗」若讀phòk（ㄆㄛㄍ8），「噗心」倒可音轉為phóng-sim（ㄆㄛㄥ2-ㄒ一ㄇ1），即後人稱西施之所以蹙眉，東施之所以效顰的「捧心」之症，「捧」的河洛話即讀做phóng（ㄆㄛㄥ2）。

　　「噗」若讀phòh（ㄆㄛㄏ8），「噗心」倒可音轉為phō-sim（ㄆㄛ7-ㄒ一ㄇ1），則可作「抱心」，義與「捧心」同，因心悸【噗心】時，雙眉緊蹙，雙手捫胸，似捧胸，亦似抱胸，「抱」的河洛話即讀做phō（ㄆㄛ7）。

0566 捀【捧、夆】

兩手承物，河洛話大概有兩種說法，一為phâng（ㄆㄤ5），一為phóng（ㄆㄛㄥ2），臺灣漢語辭典對此二說用字相同，皆用「捀」和「捧」。

集韻：「捀，亦作捧」，韻書則注「捀」讀「敷容切，音峰hong（ㄏㄛㄥ1）」；或讀「符容切」，音hông（ㄏㄛㄥ5）；或讀「扶用切」，音hōng（ㄏㄛㄥ7）；總之讀一、五、七調，但不讀二調。

韻書則注「捧」讀「撫勇切」，音hóng（ㄏㄛㄥ2）；或讀「符容切」，音hông（ㄏㄛㄥ5），可讀二調。

故phâng（ㄆㄤ5）宜作「捀」【或捧】，指雙手分開合力承物，如捀斗、捀盤仔。Phóng（ㄆㄛㄥ2）則宜作「捧」【但不作「捀」】，指雙掌或手合併且微彎以承物，如捧水、捧沙。

筆者兒時隔鄰有長者名喚「林夆」，筆者呼他「夆叔公phóng-tsik-kong（ㄆㄛㄥ2-ㄐㄧㄍ4-ㄍㄛㄥ1）」，觀「夆」造字，合雙手以承物也，應亦可用。惟篇海：「夆，同搿」，非合手承物義。

0567　總鋪師、掌庖師【掌剖師】

　　把「廚師」寫做「總鋪師tsóng-phò-sai（ㄗㄛㄥ2-ㄆㄛ3-ㄙㄞ1）」，乃常見之事，甚至還有寫做「刀子to-tsí（ㄉㄛ1-ㄐㄧ2）」的，真是嚇人，把「子」字當敬稱詞，用以尊稱善使刀者，有理趣，終究還是險僻了些。

　　稱廚師為「刀子」，不如寫做平易通俗的「廚子tô-tsí（ㄉㄛ5-ㄐㄧ2）」。俗常稱廚師為「總鋪師」甚為不妥，易令人誤為「擅於製作通鋪的師父」，因「通鋪」河洛話作「總鋪tsóng-pho（ㄗㄛㄥ2-ㄆㄛ1）」。

　　臺灣漢語辭典寫「廚師」為「掌庖師」，庖，廚也，掌庖師即掌廚之師，義合，惟韻書注「庖」為pâu（ㄅㄠ5），雖可轉phô（ㄆㄛ5），但調有出入。

　　淮南子說林訓：「治祭者，庖」，注：「庖，宰也」，亦即剖也，解牛之庖丁也好，君子所遠之庖廚也好，皆善用刀者，皆善宰者，皆善剖者，「剖」音phò（ㄆㄛ3），作「掌剖師」音義皆合，似最佳。

　　在此「掌tsióng（ㄐㄧㄛㄥ2）」音轉tsóng（ㄗㄛㄥ2）。

浮浪貢【浮浪狂】

　　創立於一九九三年的金枝演社推出一齣戲碼「浮浪貢開花」，其傳單特地針對「浮浪貢」加以說明：「泛指無所事事混日子、會亂說話，常令你忍不住想罵他兩句，感到可氣又可愛的人」。

　　「浮浪貢phû-lōng-kòng（ㄆㄨ5-ㄌㆤㄥ7-ㄍㆤㄥ3）」是一句河洛話，不過詞中「貢」字用法令人不解。

　　詩人林沈默在其詩作「沈默之聲」中作「浮浪狂」，要比「浮浪貢」妥當多了。

　　按「浮浪狂」三字皆狀詞，浮，輕浮也，俗白讀phû（ㄆㄨ5）；浪，放浪也，音lōng（ㄌㆤㄥ7）；狂，狂放也，俗多讀kông（ㄍㆤㄥ5），五調，然廣韻：「狂，渠放切」，亦讀kòng（ㄍㆤㄥ3）。浮浪狂，即既浮又浪且狂，剛好形容出「浮浪狂」這種人物的特質，而且簡直維妙維肖。

　　若將「浮浪狂」改作「不靈光」，似乎就是北京話翻說河洛話的寫法。若作「浮浪逛」，就變成動詞了，如「他無所事事，四界浮浪逛【「事事」讀做tāi-tsì（ㄉㄞ7-ㄐㄧ3）】」。

0569 潑水淙【破嘴攙、發嘴攙】

　　「插嘴tshap-tshuì（ㄘㄚㄅ4-ㄘㄨㄧ3）」屬中性語詞，無關善意、惡意、美言、惡言，河洛話有類似「插嘴」而作貶義用者，稱phuà-tshuì-tsâm（ㄆㄨㄚ3-ㄘㄨㄧ3-ㄗㄚㄇ5），即不待他人語畢，出言攔截且譏刺，甚至作不吉利之發言。

　　語詞因有當頭棒喝，潑人冷水之意，故有作「潑水淙」，說文：「小水入大水曰淙」，亦即俗說的沖，讀tsâng（ㄗㄤ5），如淋雨稱「淙雨」；俗亦讀tshiâng（ㄑㄧㄤ5），如沖冷水稱「淙冷水」；亦讀tshiāng（ㄑㄧㄤ7），如瀑布稱「水淙」。

　　「潑水淙」本指潑水使淙，作出言攔截且譏刺義，屬引伸說法，但較生活化，若作「破嘴攙」，亦可，「破嘴」猶破口大罵之「破口」，即開口，說文新附：「攙tsâm（ㄗㄚㄇ5），刺也」，開口攔截且譏刺即「破嘴攙」。

　　亦可作「發嘴攙」，「發嘴」即開口，「發」與「潑」皆可讀phuah（ㄆㄨㄚㄏ4），如俗說生病為「發病」，「發」即讀phuah（ㄆㄨㄚㄏ4），置前變二調，與「破phuà（ㄆㄨㄚ3）」置前變二調的口語音完全一樣。

破病【發病】

河洛話說「生病」為phuà-pēⁿ（ㄆㄨㄚ3-ㄅㆤ7鼻音），俗多作「破病」。

在「破」字後加名詞造詞，如破土、破冰、破門而入、破陣、破案、破曉……，「破」字皆作動詞，乃將後接之名詞「破」之之義，「破病」也屬於此類造詞，詞義應該是「將病破之」，換言之，即病癒。「病癒」和「生病」剛好相反，將「生病」寫成「破病」，是個大錯誤。

「生病」乃發生疾病，即所謂「發病」。「發」字是入聲字，其衍生音很多，但大抵相近，我們可從含「發」聲根的形聲字即可見一斑，例如可讀phuat（ㄆㄨㄚㄅ4），如活潑；可讀phuah（ㄆㄨㄚㄏ4），如潑水、發病；可讀puah（ㄅㄨㄚㄏ4），如撥開；可讀phah（ㄆㄚㄏ4），如撥草驚蛇、發銃；可讀pat（ㄅㄚㄅ4），如撒潑【俗作「三八」】；可讀huat（ㄏㄨㄚㄅ4），如發粉。

「發病」即「生病」，「破病」即「病癒」，雖「發phuah（ㄆㄨㄚㄏ4）」與「破phuà（ㄆㄨㄚ3）」置前皆變二調，口語音一樣，卻不容混淆。

0571 　青龍旆柱【青龍盤柱】

　　聽說早期民間流傳一則長工之間的暗語，談論的是「主人」的好壞，暗語提到「青龍旆柱」和「死豬鎮枯」兩句話，「青龍旆柱」暗指長工怠工，像一條青龍死死盤在柱頭上，一動也不動，「死豬鎮枯」暗指主人在一旁監工，像一條死豬占據在肉枯上，讓人心生厭惡。

　　大家對「青龍旆柱」的情景其實並不陌生，道教廟宇的龍柱上就可見到，所謂「旆柱phuáh-thiāu（ㄆㄨㄚㄏ8-ㄊㄧㄠ7）」即盤繞著柱子，在此「旆」作盤繞解。但事實並不然，中文大辭典：「旆，旗也、旗尾也、先驅車也、簾幕也、旗飛揚貌」，雖字義繁多，就是不作「盤繞」義。

　　「青龍旆柱」應作「青龍盤柱」，雖「盤」俗音phuân（ㄆㄨㄢ5）、puâⁿ（ㄅㄨㄚ5鼻音），但因「盤」的形聲部位「般」可讀phuat（ㄆㄨㄚㄅ4）【佛教用語「般若」即讀此音】，致使「盤」可讀入聲，如盤算的「盤」讀phah（ㄆㄚㄏ4），一盤的「盤」可讀phiat（ㄆㄧㄚㄅ4），青龍盤柱、盤腳的「盤」讀phuáh（ㄆㄨㄚㄏ8）。

0572 判過路【跋過路】

　　橫過馬路，或橫過田地，說「橫過」，其實與東西走向無關，而是指「從中經過」，它可能是橫向的進行，可能是縱向的進行，也可能是斜向的進行。

　　河洛話則說「橫過路」、「橫過田地」，亦有不說「橫huaⁿ（ㄏㄨㄞ5鼻音）」，而說phuaⁿ（ㄆㄨㄚ3鼻音），宜作「判」，因為「判」本義為自中剖開，將物一分為二，例如從中剖開以斷是非，如「判斷」對錯、「宣判」功過；從中橫切走過，而不循邊緣行走，亦稱之，如橫過馬路曰「判過馬路」，橫過田地曰「判過田地」。

　　phuaⁿ（ㄆㄨㄚ3鼻音）亦可作「跋」，按「跋」俗多讀入聲蒲撥切puȧt（ㄅㄨㄚㄉ8），或北末切puah（ㄅㄨㄚㄏ4），不過集韻注「跋」讀博蓋切，因「蓋」口語讀kuà（ㄍㄨㄚ3），「博蓋切」可讀phuà（ㄆㄨㄚ3），音轉phuàⁿ（ㄆㄨㄚ3鼻音），廣韻：「跋，行貌」，亦即走，中文大辭典：「跋，步行躦跋也，與跰同」，集韻：「跰，說文，步行躦跋也，或作跋」，故步行過馬路曰「跋過馬路」，步行過田地曰「跋過田地」。

0573　嘴髀、嘴酺、嘴輔【嘴頗】

　　河洛話稱嘴巴左右兩邊之頰部為tshuì-phué（ㄘㄨㄧ3-ㄆㄨ
ㄝ2），有作「嘴髀」，廣韻：「髀，傍禮切，音陛pé（ㄅㄝ
2）」，可轉phué（ㄆㄨㄝ2），然「髀」作股之外側、大腿骨、
脛之後解，宜用於「尻川髀【屁股】」，而非臉頰。

　　北京話則說「嘴皮」、「嘴巴【如打嘴巴的「嘴巴」指臉頰，不是
指嘴部】」，然「巴pa（ㄅㄚ1）」、「皮phuê（ㄆㄨㄝ5）」皆平
聲，非上聲二調，調不合。

　　廣韻：「酺，頰骨」，集韻：「輔，或作酺」，故應可作
「嘴輔」，說文：「酺，頰也，其內上下持牙之骨曰酺車phué-
kuai（ㄆㄨㄝ2-ㄍㄨㄞ1）」，今「嘴酺車【臉頰】」河洛話仍有
使用。【「車ki（ㄍㄧ1）音轉kai（ㄍㄞ1），再轉kuai（ㄍㄨㄞ1）】。

　　按臉頰、屁股皆有大面積的皮膚表面，應可作「頗」，
「頗」从頁皮會意，頁是頭的本字，後加聲根「豆」而造「頭」
字，就造字原理看，「頗」本指頭臉表皮，大面積者當指臉頰，
臉頰因分處臉部左右，後引伸作不正、偏頗義。廣韻：「頗，
普火切」，就讀做phué（ㄆㄨㄝ2），音準度要比「酺hú（ㄏㄨ
2）」為佳。

背疽【皮蛇】

河洛話稱帶狀皰疹為pue-tsuâ（ㄅㄨㆤ1-ㄗㄨㄚ5），俗作「飛蛇」，明顯不妥，飛蛇係一種會飛的蛇，不是帶狀皰疹。

臺灣漢語辭典作「背疽」，背疽是一種疽病，通常多生於肩、背、臀等處，長於背部的稱「背疽」，也有生於腦部的，稱腦疽，一般來說，「疽」與「癰」常被連用，主因是二者皆是毒瘡，皆因血液運行不良，毒質淤積，造成皮膚和皮下組織化膿及壞死的現象，明張自烈正字通疒部：「癰之深者曰疽，疽深而惡，癰淺而大」，可見疽癰實同一物，以深淺程度見分，古來早留惡名，奪人性命無數，像范增、李克用、徐達、劉基，聽說便都死於背疽。

癰疽與帶狀皰疹是兩種不同的病，或因兩者發病往往劇痛難當，遂被混談，其實癰疽乃點狀毒瘡，帶狀皰疹乃帶狀皮疹，外觀大異，將帶狀皰疹寫做「背疽」實不妥，何況「背」七調，「疽」一調，調亦不合。

帶狀皰疹宜作「皮蛇」，以皮疹呈帶狀似蛇得名，「皮」讀phuê（ㄆㄨㆤ5）。

0575 皮面【呸面、反面】

　　「變臉」是電影片名，是一個有關面容互換的故事，片名「變臉」，意指變換面容，屬特殊用法，一般來說，「變臉」即北京話「翻臉」，河洛話則說「變面piⁿ-bīn（ㄅㄧ3鼻音-ㄅˊㄧㄅ7）」，寫法和「變臉」有異曲同工之處。

　　河洛話另有一說，為phuì-bīn（ㄆㄨㄧ3-ㄅˊㄧㄅ7），俗多寫做「呸面」，按「呸」乃吐痰，或指吐痰聲，「呸面」意謂「將痰吐在臉上」，就動作和氣氛來看，是有幾分「翻臉」的意味。

　　俗亦有作「皮面」，言臉皮厚，耍賴不認帳，和成語「死皮賴臉」差不多，不過「皮面」亦為成詞，另有所指，史記刺客聶政傳：「因自皮面決眼，自屠出腸，遂以死」，言聶政自剝面皮，欲令人不識，不管是「死皮賴臉」，還是「自剝面皮」，顯然「皮面」和「翻臉」是兩回事。

　　古來翻通反，「反面」同「翻臉」，一些含「反」字的「飯」、「坂」、「䬻」，漳音都收ui（ㄨㄧ）韻，將「反面」讀成phuì-bīn（ㄆㄨㄧ3-ㄅˊㄧㄅ7）是說得通的。

0576 【奔趹、奮趹、僨趹、僨興】

噴框、奔鯨

形容行動疾速，河洛話說phùn-khing（ㄆㄨㄣ3-ㄎㄧㄥ1），俗作「噴框」，以輪框噴出形容行車快速，看似有趣，實卻無理。

有作「奔鯨」，以鯨魚急奔來形容快速，陶潛命子詩：「逸虯繞雲，奔鯨駭流」，實寫奔游之鯨，虛狀敏急之速。然「奔鯨」俗亦說「奔腳鯨」，而鯨實無腳，故「鯨」字欠妥，宜改作「趹」，廣韻：「趹，蹋地聲也」，亦可指腳脛骨，與「䤼」同音同理，「䤼」從金，指刀斧受柄處，即刀斧背，「趹」從足，指腿肉附著處，即腳脛骨，「奔趹」、「奔腳趹」皆指行動疾速，不但義合，音亦合。

左氏隱三：「鄭伯之車僨於濟」，僨，奮也，逬也，「奔趹」亦可作「僨趹」。

左氏僖十五：「張脈僨興，外彊中乾」，「僨興」即奮起，「僨興走」即奮起而走，「僨興去」即奮起而去，「僨腳興」即奮腳而起，「興hing（ㄏㄧㄥ1）」可音轉為同發音部位的khing（ㄎㄧㄥ1）。

故phùn-khing（ㄆㄨㄣ3-ㄎㄧㄥ1），作奔趹、奮趹、僨趹、僨興，皆適宜。

0577

賁口蟲【糞口蟲】

　　早期臺灣社會物資缺乏，衛生條件不佳，很多小孩肚子裡有蛔蟲，學校總是定期給學童吃蛔蟲藥，白色圓而扁的藥片，還稍稍帶著甜味。

　　河洛話說「蛔蟲」為「曼蟲bīn-thâng（ㄅ'ㄧㄣ7-ㄊㄤ5）」，因為牠很長，二十公分長還算是普通，一切經音義六：「曼，長也」，「曼蟲」便因此用來稱蛔蟲，廣韻：「曼，無販切」，讀bān（ㄅ'ㄢ7），音轉bīn（ㄅ'ㄧㄣ7）。

　　現在臺灣社會物資充裕，衛生條件改善很多，很少聽說小朋友得蛔蟲病了，說不定小朋友連「曼蟲」是何物，聽都沒聽過，更不用說看過，倒是學校定期舉行蟯蟲檢查，小朋友對蟯蟲反而比較熟悉。

　　河洛話說「蟯蟲」為phùn-kháu-thâng（ㄆㄨㄣ3-ㄎㄠ2-ㄊㄤ5），有作「賁口蟲」，非也，「賁口」係食道入胃之處，蟯蟲根本不在那裏，這種寄生吸血蟲白而細小，喜愛光線，總在肛門口附近出沒，故患者肛門常有搔癢感，肛門是人體的出糞口，又稱「糞口」，蟯蟲便稱為「糞口蟲phùn-kháu-thâng（ㄆㄨㄣ3-ㄎㄠ2-ㄊㄤ5）」。

0578 刎草【刜草】

「刎」从刂勿聲，可讀短促音勿but（ㄅ'ㄨㄉ4），發長音則成bún（ㄅ'ㄨㄣ2），廣韻：「刎，武粉切」，讀bún（ㄅ'ㄨㄣ2）。相同的，「刜」从刂弗聲，可讀短促音弗phut（ㄆㄨㄉ4），發長音則成phún（ㄆㄨㄣ2）。

河洛話說刈除雜草為phún-tsháu（ㄆㄨㄣ2-ㄘㄠ2），有作「刎草」，「刎bún（ㄅ'ㄨㄣ2）」音轉phún（ㄆㄨㄣ2），乃相同發音部位p（ㄅ）、ph（ㄆ）、m（ㄇ）、b（ㄅ'）間之互轉，極為合理，且「刎」有斷、割義，古來又有刎脰、刎首、刎腳、刎頸等成詞，惟「刎」之對象多偏向動物身體部位。

有作「刜草」，「刜」亦有斷、斫、去除義，與「刎」義近，但「刜」之對象較廣，左氏昭二十六：「苑子刜林雍，斷其足」，楚辭劉向九歎愍命：「刜讒賊於中廇兮」，對象是人物；酉陽雜俎盜俠：「臨鏡方覺鬚刜落寸餘」，對象是鬚髮；九歎：「執棠谿以刜蓬兮」，玉蘗軒記：「刜奧草，除瓦礫，披而出之」，對象是蓬是草。

作「刜草」不但音準無誤，也合古來用例，似乎較「刎草」為佳。

潑剌速 【趫脫猝】

　　杜甫漫成詩：「沙頭宿鷺聯拳靜，船尾跳魚潑剌鳴」，李商隱江東詩：「驚魚潑剌燕翩翾，獨自江東上釣船」，溫庭筠溪上行：「金鱗潑剌跳晴空，雪羽䙰褷立倒影」，辛棄疾詞：「錦鱗潑剌滿籃魚」，符載觀畫松石序：「撝霍瞥列，毫飛墨噴」，以上「潑剌」、「瞥列」皆象聲之詞，一為魚疾速跳動的聲音，一為筆疾速滑過紙面的聲音，以是故，亦引伸作疾速義，河洛話說「極快速」為phut-lut-sut（ㄆㄨㄅ8-ㄌㄨㄅ4-ㄙㄨㄅ4），有作「潑剌速」、「瞥列速」，即緣於此。

　　不過，河洛話亦說「快速脫逃」為phut-lut-sut（ㄆㄨㄅ8-ㄌㄨㄅ4-ㄙㄨㄅ4），若作「潑剌速」、「瞥列速」，則「脫逃」之義未出。

　　言快速脫逃，宜作「趫脫猝」，集韻：「趫，急疾貌，或作趫」，「脫」即逃脫，可讀lut（ㄌㄨㄅ4），如脫去、脫毛、脫臼、脫鏽皆讀此音，廣韻：「猝，倉猝暴疾也」，「趫脫猝」即快速脫逃。

　　由上可知，作「踜脫猝」、「趫脫速」、「踜脫速」應亦可。

0580 索頭鬃【抄頭鬃】

　　「索」、「抄」二字字義素有相近處，索，搜也、求也、取也、簡擇也；抄，取也、掠也、抓也、執也、沿也、靠也、查封也、扣押也。二字的河洛話運用卻不盡相同，要言之，韻書記錄「索」作去、入聲，「抄」作平、上、去聲，河洛話說「抓取」為sa（ㄙㄚ1），平聲，宜作「抄」，不宜作「索」，如「抄頭鬃」、「荷警察抄去」不宜作「索頭鬃」、「荷警察索去」。

　　「索」因有搜義，有時易與「抄」混淆，這時「索」宜作「搜sa（ㄙㄚ1）」，如「摸不著頭緒」河洛話作「抄無寮仔門」，亦可作「搜無寮仔門」，但不宜作「索無寮仔門」，因為「索」字調值不符，如抄無總、抄毒品，可作搜無總、搜毒品，不宜作索無總、索毒品。

　　「抄」可讀sa（ㄙㄚ1），沙、砂、莎、紗等字可證，作取、掠義時，如抄衫仔、抄目鏡；作抓、執義時，如抄逃犯、抄毒品；作沿、靠義時，如抄舊例做標準、抄你來解決問題；作扣押、查封義時，如抄走私貨、抄銃支。

0581　掃【饞】

　　有些河洛話聽起來草根味十足，而且氣魄萬千，例如「一桌菜，一下仔掃了了」，這裡的「了了liáu-liáu（ㄌㄧㄠ2-ㄌㄧㄠ2）」作「完盡」解，「掃」則作「吃」解，雖也讀做sàu（ㄙㄠ3），口語卻多讀做sà（ㄙㄚ3），所謂「掃了了」，在此相當於「一掃而空」。

　　進食快速，有如秋風掃落葉一般，故借「掃」以狀進食之速，若因此而以為「掃」可作「吃」義，吃一碗麵作「掃一碗麵」，恐有商榷之處。

　　含「吃」義的sà（ㄙㄚ3）還是以「饞」字較佳，按「饞」當狀詞時，作「貪食」解，口語讀sai（ㄙㄞ1）、sà（ㄙㄚ3），例如北京話說的「貪吃」，河洛話說成「饞食sai-tsiàh（ㄙㄞ1-ㄐㄧㄚㄏ8）」，北京話說的「飢餓」，河洛話說成「枵饞饞iau-sà-sà（ㄧㄠ1-ㄙㄚ3-ㄙㄚ3）」。

　　「饞」當動詞時，作「大食」解，讀做sà（ㄙㄚ3），例如北京話說的「吃光」，河洛話說「饞了了sà-liáu-liáu（ㄙㄚ3-ㄌㄧㄠ2-ㄌㄧㄠ2）」。

0582　健疾疾【仰藪藪、揚槎槎】

臺灣漢語辭典：「健疾疾giàng-sâ-sâ（ㄍㄧˊㅏ尢3-ㄙㄚ5-ㄙㄚ5），做事快，能力強」，按廣韻：「疾，秦悉切，音嫉tsik（ㄐㄧㄍ8）」，是入聲字，調不符。

河洛話稱強硬外露或帶刺不易親近，也說giàng-sâ-sâ（ㄍㄧˊㅏ尢3-ㄙㄚ5-ㄙㄚ5），常用來狀說話習慣、做事風格，若亦作「健疾疾」，如「他講話健疾疾」、「他個性健疾疾，無好做伙」，則欠妥。

高階標準臺語字典作「仰藪藪」，「仰」有向上、露出義，「藪」謂草木茂盛而為鳥獸棲息之地，或藪林，「藪藪」以狀上揚之強硬且壯盛貌。

或亦可作「揚槎槎」，「揚」同「仰」，作向上、露出義，「槎」謂木斜斫，即樹枝頑直斜出，「槎槎」亦狀強硬上揚貌，集韻：「槎，鋤加切，音查tshâ（ㄘㄚ5）」，可轉sâ（ㄙㄚ5）。

「揚槎槎」的詞構很像「刺枒枒tshì-giâ-giâ（ㄘㄧ3-ㄍˊㄧㄚ5-ㄍˊㄧㄚ5）」，皆以分歧之樹枝狀向上尖利露出貌。

半桶屎、半通事【半桶水】

俗說的「半桶水」、「半瓶水」、「半弔子」，河洛話說成puàⁿ-tháng-sái（ㄅㄨㄚ3鼻音-ㄊㄤ2-ㄙㄞ2），俗有作「半桶屎」，是記音寫法，義不足取。

「半桶水」明指桶中僅一半水，暗則指人能力不足，因「半桶水」搖晃時水聲作響，聲勢嚇人，俗便用以暗諷能力不佳卻愛虛張聲勢者。反之，「滿桶水」搖晃時水聲微弱，甚至無聲，給人能力足者虛懷若谷的印象。

臺灣漢語辭典將puàⁿ-tháng-sái（ㄅㄨㄚ3鼻音-ㄊㄤ2-ㄙㄞ2）作「半通事」，意指辦事能力僅達半通，尚未到達通達無礙的地步，義可行，但韻書注「通」讀平聲，「事」讀去聲，聲調與口語不合。

其實「半桶屎」仍應作原來的「半桶水」，雖「水」俗多讀tsuí（ㄗㄨㄧ2）、suí（ㄙㄨㄧ2），於此卻讀sái（ㄙㄞ2），與目水【眼淚】的「水」讀做sái（ㄙㄞ2）一樣，這是因為韻部ui（ㄨㄧ）和ai（ㄞ）口語音有通轉現象的關係，如開、快、梅、妹、每等字口語皆兼讀ai（ㄞ）和ui（ㄨㄧ）韻，即是力證。

0584

目屎【目水】

「眼淚」的河洛話俗多作「目屎bák-sái（ㄅ'ㄚㄍ8-ㄙㄞ2）」，聽不懂河洛話的人一定會感到奇怪，眼淚是液體，屎是固體，將眼淚寫成「目尿」，倒還勉強可以接受，寫做「目屎」，簡直令人費解，令人無法接受。

不管如何，屎和尿給人污穢的感覺，和清澈乾淨的眼淚相提並論，是決不可行的。

其實，「目屎」應作「目水」，讀做bák-sái（ㄅ'ㄚㄍ8-ㄙㄞ2），不過一定有人會說，「水」讀做tsuí（ㄗㄨㄧ2），如雨水、水庫；讀做suí（ㄙㄨㄧ2），如風水、下水，哪能讀做sái（ㄙㄞ2）？

大家且看「開」這個字，可讀khui（ㄎㄨㄧ1），如開車、開門；可讀khai（ㄎㄞ1），如開始、開業。「梅」這個字，亦兼讀muî（ㄇㄨㄧ5）、mâi（ㄇㄞ5）兩音，可見ui（ㄨㄧ）和ai（ㄞ）韻可通轉。所以suí（ㄙㄨㄧ2）、sái（ㄙㄞ2）可通轉，「水suí（ㄙㄨㄧ2）」可讀做sái（ㄙㄞ2）。

將眼淚寫成「目水」，要比「目屎」文雅，而且音義也十分精確。

拖屎連【拖使然】

　　記得有一條謎猜，謎題是「水肥車一直來」，猜河洛口語一句，謎底是「拖屎連thua-sái-liân（ㄊㄨㄚ1-ㄙㄞ2-ㄌㄧㄢ5）」。

　　糞便是以前農村常見的有機肥料，大家稱此糞肥為「水肥」，運載水肥的車子便稱為「水肥車」，水肥車一直來，意指拖載水肥接連不斷，即「拖屎連」。

　　「拖屎連」是一句河洛話口語，意思跟運載水肥無關，而是在說一個人落魄潦倒，處境窘迫，寫做「拖屎連」，雖有連接不斷拖著糞便，而暗指霉運不停的意思，但和落魄潦倒，處境窘迫，實無必然關係，寫法並不妥當。

　　「拖屎連」應寫成「拖使然」，意指「因拖而使其如此」，意思是一個人凡事拖拖拉拉，結果一事無成，終至落魄潦倒，處境窘迫。

　　「使」作名詞時，文讀sù（ㄙㄨ3），白讀sài（ㄙㄞ3），如大使；作動詞時，文讀sú（ㄙㄨ2），白讀sái（ㄙㄞ2），如使弄，因與「屎sái（ㄙㄞ2）」同音，「拖使然」竟被訛作「拖屎連」，實在離譜。

0586 厚話屎【厚話使、厚話滓】

　　河洛話說「多話」為「厚話kāu-uē（ㄍㄠ7-ㄨㄝ7）」，俗亦有說「厚話屎」，厚，多也，「屎sái（ㄙㄞ2）」，糞也，「厚話屎」即指很多廢話、很多言不及義的話、很多無益的話，甚至指很多骯髒不潔的話，如果把「話」當動詞，意思變成談論很多有關糞便的事。不管怎麼解釋，總之，屬消極貶義詞，尤其詞中含粗鄙的「屎」字，使得文詞顯得低俗粗野，十分不妥。

　　kāu-uē-sái（ㄍㄠ7-ㄨㄝ7-ㄙㄞ2）宜作「厚話滓」，滓，渣滓也，指多餘而無用之物，「話滓」即多餘而無用的話，亦即眾人皆知，卻一再重複的話語，屬消極貶義詞，「滓」從氵宰聲，口語讀如宰tsái（ㄗㄞ2），音轉tái（ㄉㄞ2），如茶滓；亦讀sái（ㄙㄞ2），如話滓、薰滓【即煙灰】。

　　亦可作「厚話使」，使sái（ㄙㄞ2），用也，運作也，「厚話使」即有很多話說，即多話，屬中性語詞，無關褒貶，運用上與「厚話滓【消極貶義詞】」不同，如「他誠厚話使，有他絕對𣍐冷場」、「他誠厚話滓，離他愈遠愈好」。

0587　祖公仔屎【祖公仔產】

　　河洛話將「胳下腔【腋下】」說成「過耳孔」，將「浴間【浴室】」說成「隘間」，將「紅光赤采」說成「紅牙赤齒」，將「相合通【交叉路口】」說成「三角窗」，將「戶庭」說成「護龍」……，我們發現：歷經漫長歲月之後，有些河洛話已產生音轉語變，甚至積非成是，以訛傳訛，因此，吾人若堅信今音必為正音，堅持以今音探求河洛話之正寫，有時恐怕難以如願。

　　「祖公仔屎」也是一個例子。

　　按，祖先留下來的產業俗謂之「祖公業」、「祖業」、「祖產」、「祖地【限稱地產】」，或稱「祖公仔屎tsó-kong-á-sái（ㄗ ㄛ2-ㄍㄛㄥ1-ㄚ2-ㄙㄞ2）」，這真是極糟糕的訛讀，尤有甚者，還從「祖公仔屎」衍生出新詞彙，說「無祖公仔屎繪肥」，竟把「屎」和「肥」湊成一種因果配對。

　　「祖公仔屎」其實是「祖公仔產」訛讀的結果，「產」指產業，音sán（ㄙㄢ2），因被訛讀sái（ㄙㄞ2），遂被訛寫「屎」，這是河洛話被訛讀訛寫的又一例子。

0588 娣姒【同事、同姒】

　　兄弟之妻相互間的關係，北京話稱「娣姒」、「妯娌」，河洛話則稱tâng-sāi（ㄅ尢5-ㄙㄞ7），有直寫為「娣姒」者，詞義當然沒問題，儀禮喪服注：「娣姒婦者，兄弟之妻相名也」，惟廣韻：「娣，徒禮切」，讀上聲té（ㄅㄝ2），廣韻：「娣，特計切」，讀去聲tē（ㄅㄝ7），都不讀平聲tâng（ㄅ尢5），調不合。

　　有寫做「同事」，取「共同事奉相同的公婆」義，雖前期人言同輩或同一機關服務者亦為「同事」，寫法相同，但讀音卻不同，前者讀tâng-sāi（ㄅ尢5-ㄙㄞ7），指妯娌關係，後者讀tông-sū（ㄅㆦㄥ5-ㄙㄨ7），指工作伙伴，可作異讀異義的詞例來看，像「大人」讀tuā-lâng（ㄅㄨㄚ7-ㄌ尢5）指成人，為「小孩」之反詞，讀tāi-jîn（ㄅㄞ7-ㄐㆪ5）指官人或警察，為「小人sió-lâng（ㄒㄧㆦ2-ㄌ尢5）【口語音「小」字讀本調二調，「人」字輕讀，近三調】」之反詞。

　　有作「同姒」，正韻：「兄弟之妻相謂皆曰姒」，則「同姒」即指妯娌間彼此身分皆「同樣」是「姒」，「姒sū（ㄙㄨ7）」可轉sāi（ㄙㄞ7），寫法亦屬合宜。

112

熟悉、熟識【熟事】

　　河洛話稱「熟悉」，有時單稱「熟sik（ㄒㄧㄍ8）」，如「我合他有熟」，有時稱「熟悉 【或「熟識」】 sik-sāi（ㄒㄧㄍ8-ㄙㄞ7）」，如「我合他有熟悉」。

　　作「熟悉」，義合，惟「悉sik（ㄒㄧㄍ4）」韻書注入聲，將「悉」讀做sāi（ㄙㄞ7），屬訓讀。

　　若作「熟識」，義合，惟「識sik（ㄒㄧㄍ4）」韻書亦注入聲，將「識」讀做sāi（ㄙㄞ7），亦屬訓讀。

　　若要避開訓讀，「熟事」倒不失為理想寫法。一來「事」確實可讀sāi（ㄙㄞ7），如兄弟之妻因奉事共同的公婆，河洛話即稱姒娌為「同事tâng-sāi（ㄉㄤ5-ㄙㄞ7）」。二來「熟事」作熟悉解，指熟悉之人、物、典故或故事，宋張任國柳梢青詞：「舊店新開，熟事孩兒，家懷老子，畢竟招財」，清李漁意中緣詆姻：「待盤桓幾日有些熟事起來，那時節就說出真情」，何典第八回：「熟事人跑慣的，有時不小心，還要走到牛角尖裡去」。

0590 揀做堆【攙做堆、搋做堆】

　　將兩男女推送在一起，使結成連理，河洛話說是「揀做堆sak-tsò-tui（ㄙㄚㄍ4-ㄗㄛ3-ㄅㄨㄟ1）」，「揀」相當北京話「推」。

　　集韻：「揀，輸玉切，音束sok（ㄙㄛㄍ4）」，與sak（ㄙㄚㄍ4）音近，不過「揀」作敬、上、裝、縛、取解，不作「推」解，將「推」寫做「揀」，不妥。

　　「揀做堆」宜作「攙做堆」。

　　按「攙」有兩種讀法，其一，正韻：「攙，息勇切，音悚sióng（ㄒㄧㄛㄥ2）」，義與「竦」、「聳」同，如攙攙【聳立貌】、攙身【挺身】；其二，因「悚」與速、鍊、觫、餗、蔌、嗽、遬、楝、簌……等皆以「束」為聲根，故「悚」、「攙」口語音皆讀如束sok（ㄙㄛㄍ4），進而音轉sak（ㄙㄚㄍ4），如攙奶母車、攙做堆。

　　集韻：「攙，推也」，平妖傳第四回：「書僮一頭說，一頭幫著老管家，將手劈胸攙那婆子」，醒世恆言：「你一推，我一攙，攙他出了大門」。

　　「攙做堆」亦可作「搋做堆」，集韻：「搋，推也」，正字通：「搋，俗攙字」。

三不等 【相不等】

　　舉凡以「三不」開頭的成詞，如三不去、三不朽、三不孝、三不幸、三不知、三不食、三不能、三不祥、三不得、三不開、三不惑、三不欺、三不管，皆指三種狀況，不多不少，剛好三個。

　　河洛話說「三不等sam-put-tíng（ムㄚㄇ1-ㄅㄨㄉ4-ㄉㄥ2）」，並非指三種不齊等的狀況，而是作互不齊等解，如「老師的水準三不等，有的好，有的差」、「人三不等，有善良的，也有邪惡的」，「生理人三不等，有的老實，有的奸巧」，「三不等」其實與「三」絲毫無關，寫做「三不等」，值得商榷。

　　「三不等」應寫做「相不等」，即「不相等」、「互相不等」的意思。「相siong（ㄒㄧㆲ1）」白話讀sio（ㄒㄧㆦ1），如相看、相牽手；也讀做saⁿ（ㄙㄚ1鼻音），如相合通【路通交會處，即交叉路口，俗訛作三角窗】、相合研究【互相研究，俗訛作三角研究】、湊相共【合力幫忙】，至於讀做sam（ㄙㄚㄇ1），應該是saⁿ（ㄙㄚ1鼻音）再訛轉的結果，其實「相」的白話音並不讀sam（ㄙㄚㄇ1）。

0592 【不審時、不屑時、不睬時】
不三時、不甚時

河洛話說的「不時」有隨時、時時義，如他不時去運動，「不時」俗亦說成「不三時」，讀put-sám-sî（ㄅㄨㄅ4-ㄙㄚㄇ2-ㄒㄧ5），如「他不三時來吾次泡茶」，其實「不三時」用字欠妥，尤其「三」字用意不明，明顯不合。

有作「不甚【啥】時」，作不論何時義，惟「不」作「不論」義，並不妥當。

高階標準臺語字典作「不審時」，意指在時間上不加審度，引申隨時、時時，「審」音sím（ㄒㄧㄇ2），音轉sám（ㄙㄚㄇ2）。

或亦可作「不屑時」，後漢書馬廖傳：「盡心納忠，不屑毀譽」，後漢書王良傳論：「不屑矜偽之誚」，「屑」即顧忌、介意，「不屑時」意指在時間上不加理會或介意，引申隨時、時時，「屑」白讀sap（ㄙㄚㄅ4），置前變讀sap（ㄙㄚㄅ8）【短音】，音調近sám（ㄙㄚㄇ2）置前變讀的sam（ㄙㄚㄇ1）【長音】。

作「不睬時」亦可，「睬」作理會解，音tshái（ㄘㄞ2）、tshap（ㄘㄚㄅ4），音調詞義與「不屑時」一樣，變調情形亦類同。

116

0593　掃街路【散街路】

　　「掃sàu（ム幺3）」从扌帚會意，即手執竹箒，為動詞字，因竹箒乃清掃用具，用以除垢，後作除、棄、滅等消極義，如掃夷、掃地、掃灰、掃拚、掃庭……等。

　　「掃」不一定作消極義，亦可作中性動詞字，如杜甫的「淡掃蛾眉朝至尊」，王令的「憤掃百筆禿」。

　　河洛話謂大買出倉貨或舊物品亦曰「掃」，如掃古董桌椅、掃舊冊擔，大有要將東西一掃而光的「血拼」之勢，但卻易生「清掃」之歧義【「掃古董桌椅」變成將古董桌椅加以清掃整理，「掃舊冊擔」變成清掃舊書攤】，或應作「搜」，搜，尋究也，擇取也，集韻：「搜，先奏切」，讀sàu（ム幺3），寫做搜古董桌椅、搜舊冊擔。

　　「將一桌飯菜一掃而光」亦即河洛話說的「一桌飯菜掃了了」，就氣勢、情境而言，「掃」字有其生動處，但用「饞sà（ムY3）」更佳【見0581篇】。

　　無目的在街上行走，不宜作「掃街路」，因「掃街路」一作「打掃街路」【原義】，一作「掃街拜票」【新詞彙】，街上散步還是作「散街路【「散」讀sàm（ムYⅡ3）】」為佳。

0594

瘦皮包【瘦比耙】

　　北京話說的「瘦」，河洛話一般說成「瘦sán（ㄙㄢ2）」。

　　廣韻：「瘦，所景切，音省síng（ㄒㄧㄥ2）」，可音轉sán（ㄙㄢ2），作瘦解，新唐書李百藥傳：「侍父母喪還鄉……容貌癯瘦者累年」，宋趙叔向肯綮錄俚俗字義：「瘦曰瘦瘦」，清王念孫讀書雜志管子九身之臊胜：「胜讀如減省之省，胜亦瘦也，字或作眚，又作瘦，又作省……釋名釋天篇曰：『眚，瘦也，如病者瘦瘦也』」。

　　按瘦从广省聲，而「省」白話可讀sán（ㄙㄢ2），如有酒無肴之會俗稱「省啉sán-lim（ㄙㄢ2-ㄌㄧㄇ1）」，「瘦」的白話音讀做sán（ㄙㄢ2）應屬合理。其實韻部ing（ㄧㄥ）與an（ㄢ）本就存在通轉現象，例如「等tíng（ㄉㄧㄥ2）」口語就讀「等tán（ㄉㄢ2）」，增、曾、瓶、明……等亦是，瘦、省亦是。

　　形容瘦，河洛話說sán-pî-pa（ㄙㄢ2-ㄅㄧ5-ㄅㄚ1），俗有作「瘦皮包」，作瘦到皮包骨義，然「皮包」易生歧義，說不定令人誤以為是阮囊羞澀哩【皮包裡面極為消瘦單薄】，應作「瘦比耙」較為恰當【見0473篇】。

118

0595 做產氣、做廈話【做爽快】

北京話「做愛」，河洛話說法很特別，說tsò-sán-khuì（ㄗㄜ
3-ㄙㄢ2-ㄎㄨㄧ3），有作「做產氣」【史記天官書：「或冬至日，產氣
始萌」，產氣，產生萬物之氣也，或許就以做愛來孕產下一代取義，但，有時候做愛
僅為取樂，與孕產下一代無關】。

有作「做廈話」，以為係夫婦使用隱語之戲稱，「廈話」相
當今之謎語、密語、暗語，夫妻間表示要做那回事，不便明說，
於是迂迴暗示，彼此心照不宣，多了隱私，亦多了樂趣，惟要把
「廈話」讀成sán-khuì（ㄙㄢ2-ㄎㄨㄧ3），極其勉強。

tsò-sán-khuì（ㄗㄜ3-ㄙㄢ2-ㄎㄨㄧ3）可作「做爽快」，乃
「做爽快事【即做愛】」之略語，因為不便明說，又是略語，又
是迂迴暗示，心照不宣，不但多了隱私，亦多了樂趣，乃將原來
的「做爽快事tsò-sóng-khuài-tāi（ㄗㄜ3-ㄙㄜㄥ2-ㄎㄨㄞ3-ㄉㄞ7）」
故意略說並旁讀成tsò-sán-khuì（ㄗㄜ3-ㄙㄢ2-ㄎㄨㄧ3）。

「爽」原讀sóng（ㄙㄜㄥ2），如神爽、清爽；亦讀sáng（ㄙ
ㄤ2），如爽勢【凌人之勢】、用話爽人【用話凌人】；sáng（ㄙㄤ
2）音稍轉，便成sán（ㄙㄢ2）。

「快khuài（ㄎㄨㄞ3）」俗本就白讀khuì（ㄎㄨㄧ3）【省略a
（ㄚ）音】，如快活。

119

0596 三寶、三堡【瘦薄】

報載三寶政府劃下休止符，三寶時代結束，並說河洛話「三寶sanⁿ-pó（ㄙㄚ1鼻音-ㄅㄜ2）」原係三流的意思。

此實為訛誤之說，時下所謂「三寶立委」指的是某三名立委，「三寶閣員」指的是某三名閣員，「三」是數字，「寶」是寶貝、耍寶，「三寶」就是三個耍寶的寶貝，屬反諷說法，與河洛話sanⁿ-pó（ㄙㄚ1鼻音-ㄅㄜ2）無關。

有說sanⁿ-pó（ㄙㄚ1鼻音-ㄅㄜ2）即「三堡」，言臺灣銀行與中研院出版之相關文獻指出，臺灣在清領以至日治時期，一鄉中最熱鬧之市集為一堡，次者為二堡，再次者為三堡，故以「三堡」表示三流，此說似是而非，應屬穿鑿附會之說，試問，民間一般口語中何以獨聞「三堡」，卻無「一堡」、「二堡」之說？

河洛話sanⁿ-pó（ㄙㄚ1鼻音-ㄅㄜ2）宜作「瘦薄」，中文大辭典：「凡不豐者皆曰瘦」，用來稱貧瘠不豐之人事物，如瘦薄身體、瘦薄立委、瘦薄議會，「瘦sơ（ㄙㄛ1）」在此音變讀sanⁿ（ㄙㄚ1鼻音），「薄pȯh（ㄅㄜㄏ8）」在此音變讀二調。

0597 爽快【爽氣】

　　「快」、「氣」口語皆可讀khuì（ㄎㄨㄧ3），這致使二字產生混淆現象，如「快活」、「氣活」都讀khuì-uáh（ㄎㄨㄧ3-ㄨㄚ ㄏ8），前者指心理【情緒】之暢快狀態，後者指生理【氣血】之暢快狀態，其實不同【見0342篇】。

　　「爽快」與「爽氣」亦是。

　　「爽快」讀做sóng-khuài（ㄙㄛㄥ2-ㄎㄨㄞ1），作舒服暢快或直爽、乾脆義。故意讀做sán-khuì（ㄙㄢ2-ㄎㄨㄧ3），如做爽快，暗指做愛。

　　「爽氣」讀做sóng-khì（ㄙㄛㄥ2-ㄎㄧ1），作明朗開豁之自然現象或清爽之氣義。讀做sáng-khuì（ㄙㄤ2-ㄎㄨㄧ1），作豪邁氣概、直爽、乾脆義。

　　「爽快sóng-khuài（ㄙㄛㄥ2-ㄎㄨㄞ1）」與「爽氣sáng-khuì（ㄙㄤ2-ㄎㄨㄧ1）」音近義同，皆作直爽、乾脆義，「他個性誠爽快」與「他個性誠爽氣」意思相同。

　　然「爽快」讀做sán-khuì（ㄙㄢ2-ㄎㄨㄧ1）時，屬特殊讀法，作特殊語彙，暗指做愛，雖音近「爽氣」，但與「爽氣」不同。

0598 三角窗【相合通】

「三角窗」三個字，讓人想到的，大概只有三角形的窗戶吧。

但是奇怪的是，河洛話偏偏也稱交叉路口為「三角窗saⁿ-kak-thang（ㄙㄚ1鼻音-ㄍㄚㄍ4-ㄊㄤ1）」，說這寫法無厘頭，似乎一點也不過分，「三角窗」哪會是「馬路交叉處」？不過大家肯定都有以下經驗，那就是在大街小巷、報章媒體時常看到，房屋廣告大辣辣寫著「……位於三角窗，採光好，通風好，交通便利……」，甚至有的還把「三角窗」寫法圖騰化，寫成「△窗」。

日文裡，「通」字用法特殊，可當做「路」，即所謂路通，「通」讀做thong（ㄊㄛㄥ），音轉thang（ㄊㄤ1），因此交叉路口便稱為「相合通saⁿ-kap-thang（ㄙㄚ1鼻音-ㄍㄚㄅ4-ㄊㄤ1）」，指相交的路通。臺灣曾受日本統治，語言多少夾雜日本話的影子，「相合通」便是，它正是日本治臺所遺留下來的一個語言實例。

不知何時，「合」字的讀音從kap（ㄍㄚㄅ4）訛變成kak（ㄍㄚㄍ4），一下子「相合研究」訛變成「三角研究」，「相合通」也訛變成「三角窗」。

0599

颯到【索到】

　　力量強襲的情況，「由外而內」與「由內而外」應有分別，但何洛話說法一樣，叫做sàⁿ（ム丫3鼻音），或saⁿh（ム丫厂4鼻音），雖然說法一樣，寫法卻必須有所分別。

　　由外而內的sàⁿ（ム丫3鼻音）或saⁿh（ム丫厂4鼻音），宜作「颯」，說文：「颯，風聲也」，即河洛話說的「風颯颯叫」。後來大風吹動亦稱「颯」，杜甫桔柏渡詩：「征衣颯飄颻」，徐安人秋扇詩：「西風颯高梧」，湯顯祖牡丹亭診祟：「夢初回，燕尾翻風，亂颯起湘簾翠」，迅疾亦曰「颯」，杜甫大雨詩：「風雷颯萬里」，袁枚新齊諧搜河都尉：「是夜風雨颯至」，後作強力來襲義，如「他搬石頭遂颯著」。

　　由內而外的sàⁿ（ム丫3鼻音）或saⁿh（ム丫厂4鼻音）宜作「索」，索，意欲也【屬心理狀態】，元曲漢宮秋：「我索折一枝斷腸柳」；索，求取也【屬行為動作】，左氏襄二：「賂夙沙衛以索牛馬，皆百匹」，「索」讀sò（ムて3）、soh（ムさ厂4），口語讀sàⁿ（ム丫3鼻音）、saⁿh（ム丫厂4鼻音），如「他心內索每做課長」、「他索平板電腦，已經誠久矣」。

0600 梢聲【沙聲、沙喉聲】

　　沙啞之聲、聲破、聲散、聲嘶等，河洛話都說sau-sia^n（ㄙㄠ1-ㄒㄧㄚ1鼻音），俗有作「梢聲」，按「梢」本作末端義，如樹木末端稱樹梢，枝條末端稱枝梢，柳條末端稱柳梢，眉毛末端稱眉梢，船尾末端稱船梢，於船梢掌舵者稱梢公，後引申作小義，指小柴、小竿，或小聲音，如鮑照野鵝賦：「風梢梢而過樹，月蒼蒼而照臺」，或因此以「梢聲」指沙啞之聲，其實非也，沙啞之聲指聲破，而非聲小，雖廣韻：「梢，所交切，音弰sau（ㄙㄠ1）」，音無誤，義卻不可行。

　　「梢聲」宜作「沙聲」，中文大辭典：「沙，聲嘶也」，與嘶、澌、癡同，集韻：「癡，說文，散聲，或作澌」，正韻：「澌，聲破，與嘶同」，故沙啞之聲、聲破、聲散、聲嘶等宜作「沙聲」、「嘶聲」、「澌聲」、「癡聲」，按「沙」、「嘶」、「澌」、「癡」韻書皆注「先齊切，音西se（ㄙㄝ1）」，音轉sau（ㄙㄠ1）。

　　河洛話sau-sia^n（ㄙㄠ1-ㄒㄧㄚ1鼻音）專指人或動物喉嚨所出之聲，不指大自然之聲，可作「沙喉聲」，「沙喉聲」急讀即為sau-sia^n（ㄙㄠ1-ㄒㄧㄚ1鼻音）。

手勢擎高【手且擎高】

　　高階標準臺語字典：「撕，以手臂環之，提而撕之叫提撕」，用法近「提攜」，故以手提撕稱「手撕tshiú-se（ㄑ一ㄨ2-ㄙㄝ1）」，河洛話說「助人一臂力」或「放人一馬」為「手撕俄高tshiú-se-giâ-kuân（ㄑ一ㄨ2-ㄙㄝ1-ㄍ一ㄚ5-ㄍㄨㄢ5）」。

　　若作「手勢擎高」，音義皆不同，顯然不宜。作「手攜擎高」或許可以，較通俗，惟「攜」讀he（ㄏㄝ1），不讀se（ㄙㄝ1）【「擎」讀giâ（ㄍ一ㄚ5），見0055篇】。

　　然觀諸日常用例，除「手撕擎高」，並無「手撕」之其他用例，故吾疑「手撕」並非成詞。

　　「手撕擎高」即北京話「高抬貴手」，「貴」為敬詞，可省，則與「高抬手」同，換作河洛話為「手擎高」，詞中若加虛字「且tshé（ㄑㄝ2）」則成「手且擎高」，義不變，「且」字置前變一調，讀做tshe（ㄑㄝ1），可轉se（ㄙㄝ1）。

　　且，亦敬詞也，從「且慢」與「請慢」、「且坐」與「請坐」可見一斑，若此，作「手請擎高」似亦可，寫法亦極通俗簡明。

0602 掃梳【掃箒、掃彗】

　　河洛話「sàu-se（ムㄠ3-ムㄝ1）」，指掃地用的竹掃把，不是梳子，「梳se（ムㄝ1）」是梳子，俗作「掃梳」，不妥。

　　se（ムㄝ1）應作「箒」。說文：「彗，埽竹也，箒、彗或从竹」，莊子達生：「操拔箒，以侍門庭」，釋文：「箒，帚也」，史記高祖紀：「六年，高祖朝，太公擁箒」，注：「箒，帚也」，可見「箒」即竹掃把。

　　中文大辭典：「彗，與箒同」，故河洛話「竹箒【竹彗】」、「掃箒【掃彗】」皆指竹掃把。

　　但韻書注「箒」去聲、入聲，注「彗」去聲，皆不讀平聲一調，調似不符。

　　若細看說文：「彗，埽竹也，从又持甡」，把「彗」定義為會意字，但「彗」若兼形聲呢？則「甡」當為聲符，說文通訓定聲：「甡，從二生，會意，按生亦聲，按，甡字之形，依許書，小徐會意，朱氏以為生亦聲，則為會意兼形聲」，可見「甡」以「生」為聲，「彗」以「甡」為聲，「箒」又以「彗」為聲，「甡」、「彗」、「箒」皆以「生」為聲，口語皆讀如「生se^n（ムㄝ1鼻音）」，音轉se（ムㄝ1）。

126

0603 饒饒、垂垂【**弛弛、楚楚**】

　　經濟狀況綽綽有餘，河洛話說iû-sé-sé（ㄧㄨ5-ㄙㆤ2-ㄙㆤ2）【首字或讀一調】，有作「裕饒饒」、「裕垂垂」、「優饒饒」、「優賸賸」，就音義言，僅「優」字較勝【「裕」不讀平聲，「饒」、「垂」、「賸」不讀二調】，「優iu（ㄧㄨ1）」，饒也，而饒亦即有餘，故作「餘」亦可，小橘「餘甘」的「餘」俗即讀iû（ㄧㄨ5）。

　　sé-sé（ㄙㆤ2-ㄙㆤ2）宜作「弛弛」，寬緩也，向來韻部i（ㄧ）、e（ㆤ）可通轉，如病、勢、機、基、嬰、羹、更、鄭、生……，「弛sí（ㄒㄧ2）」可轉sé（ㄙㆤ2），「優弛弛」、「餘弛弛」即因優【豐饒】、餘【有餘】而顯寬緩。

　　或可作「楚楚」，詩小雅楚茨：「楚楚者茨，言抽其棘」，趙翼詩：「微雨過林端，楚楚出新碧」，楚楚，盛密也，蕃茂也。魏書祖瑩傳：「京師楚楚，袁與祖」，張孝祥詞：「楚楚吾家千里駒」，楚楚，亦出眾也。「優楚楚」、「餘楚楚」即因優【豐饒】、餘【有餘】而顯出眾。

　　「楚tshɔ́（ㄘㆦ2）」可轉tshé（ㄘㆤ2），如初、疏，再轉sé（ㄙㆤ2）。

0604　細姨【庶姬】

　　河洛話稱「小老婆」為「細姨sè-î（ㄙㆤ3-ㄧ5）」，因河洛話亦說「小」為「細」，而女子同嫁一夫即以姊妹相稱，釋名釋親屬：「妻之姊妹曰姨」，故小老婆即「細姨」，真是謬差之說，所謂「姨」，一指自己對母親姊妹的稱呼，即「姨仔î-á（ㄧ5-ㄚ2）」 【口語音「姨」置前不變調，「仔」置尾輕讀】，一指男子對妻子姊妹的稱呼，即「姨仔î-á（ㄧ5-ㄚ2）」 【口語音「姨」置前變七調，「仔」置尾不變調】。

　　小老婆宜作「庶姬」，按庶母、庶姬、庶妾、庶妻、庶婦皆指妾，庶子、庶兄、庶弟、庶出、庶男、庶孽的「庶」也皆作妾解，廣韻：「庶，商署切」，讀sù（ㄙㄨ3）、sì（ㄒㄧ3），可轉sè（ㄙㆤ3），如勢、世、嬰、鄭、病、地……亦是。

　　漢書文帝紀母曰薄姬注：「如淳曰，姬，音怡，眾妾之總稱……六朝人稱妾母為姨，即此意，但不知姬有怡音，因變文為姨，此俗閒之謬耳，釋親，妻之姊妹同出為姨，豈可以稱眾妾」，姬，音怡，「怡」即讀做î（ㄧ5）。

　　「庶姬」音同「細姨」，「庶姬」稱妾，「細姨」指母或妻之妹，實不可相混。

老歲【老垂】

　　時代變遷，現代人似乎不敢心存「養兒防老」的念頭了，到了廿一世紀，時代的變化還真大呀！

　　北京話說的「養兒防老」，河洛話說成「飼後生，養老歲」，「後生hāu-seⁿ（ㄏㄠ7-ㄙㄝ1鼻音）」即指兒子，「老歲lāu-sê（ㄌㄠ7-ㄙㄝ5）」即指年老之時。

　　北史柳遐傳：「髫歲便有成人之量焉」，陸游詩：「耄歲誰知困不蘇」，張南容靜女歌：「妙年工詩書，弱歲勤組織」，「歲」指人之年齡，「髫歲」謂幼年，「耄歲」謂老年，「弱歲」謂人生二十，又謂幼年，三者皆為成詞，故「老歲」雖非成詞，但應屬合宜構詞，只是「歲」音suè（ㄙㄨㄝ3），口語音huè（ㄏㄨㄝ3），為去聲三調字，不讀平聲五調，調不合。

　　lāu-sê（ㄌㄠ7-ㄙㄝ5）宜作「老垂」，「垂老」之倒語，謂將老之時，集韻：「垂，將及也」，王右軍帖：「吾年垂耳順」，宋史王繼濤傳：「垂老之年，殞身鋒鏑」，蘇軾陌上花詩：「遺民幾度垂老年」，「垂」音sê（ㄙㄝ5），作「老垂」音義皆合。

0606 失神【逝神、睡神、旋神】

「失神」一詞，北京話和河洛話都有，詞義也都相同，意指心神茫然若失的狀況，河洛話讀sit-sîn（ㄒㄧㄅ4-ㄒㄧㄣ5），例如「他驚一下，遂失神失神」。

河洛話另有sē-sîn（ㄙㄝ7-ㄒㄧㄣ5）之說，詞義有各種不同的指陳，有時與「失神sit-sîn（ㄒㄧㄅ4-ㄒㄧㄣ5）」意思相同，指心神茫然若失的狀況，可寫做「逝神」，逝，去也，隱含失去義，如逝景、逝物都有此意涵，而「逝神」即失去心神，謂心神茫然若失，廣韻：「逝，時制切」，音sē（ㄙㄝ7）。

sē-sîn（ㄙㄝ7-ㄒㄧㄣ5）有時指心神狀況欠佳，昏沉欲睡，則可作「睡神」，意指昏昏欲睡的心神狀態，「睡suī（ㄙㄨㄧ7）」口語讀tsē（ㄗㄝ7）【見廈門音新字典】【俗說打盹為「瞌睡ka-tsē（ㄍㄚ1-ㄗㄝ7）」】，音轉sē（ㄙㄝ7）。

sē-sîn（ㄙㄝ7-ㄒㄧㄣ5）有時指心神昏眩不清的狀況，如酒後或病中，可作「旋神」，指旋晃不定的心神狀態，「旋」俗白讀sêh（ㄙㄝㄏ8），如轉旋、旋向東、旋螺，sêh（ㄙㄝㄏ8）與sē（ㄙㄝ7）置前都變三調，口語音相同。

無聲無說【無聲無息】

　　木訥的人往往沈默寡言，河洛話說這種人「無話無句」、「無聲無句」，「句」指「話語」，「無句」即沒有話語。

　　俗亦有說「無聲無說bô-siaⁿ-bô-sueh（ㄅ'ㄜ5-ㄒㄧㄚ1鼻音-ㄅ'ㄜ5-ㄙㄨㄝㄏ4）」，作沒有聲音沒有說話義，不過就口語慣例來說，有時只在指稱「毫無聲息」，與「有無說話」無關，如空間或某種狀態所自然呈現的寂靜，以「三更半暝的深山林內，四界無聲無說」這個句子來說，所指稱的便有所限制，所謂子夜深山「毫無聲息」的狀態是限制在「無說話聲音」的狀態之下，與原先要表現的「自然的寂靜」是不盡相同的。

　　所謂自然狀態的「毫無聲息」應該寫做「無聲無息」才恰當，不宜寫做「無聲無說」，「息sik（ㄒㄧㄍ4）」可音轉seh（ㄙㄝㄏ4）、sueh（ㄙㄨㄝㄏ4）。

　　另「息sik（ㄒㄧㄍ4）」與「色sik（ㄒㄧㄍ4）」音同，「無聲無息」和「無聲無色」雖音同，詞義卻有別，應分辨清楚。

0608 碎碎唸【詍詍唸、呭呭唸】

遇見絮聒嘮叨、喋喋不休的人,是令人相當疲累的,原因就在那張「碎碎唸sèh-sèh-liām(ㄙㄝㄏ8-ㄙㄝㄏ8-ㄌㄧㄚㄇ7)」的嘴巴。

河洛話稱喋喋不休為「碎碎唸」,這多少有些寫實,試想:零零碎碎的無止境叨唸,是不是相當可怕?不過「碎碎唸」的「碎」讀tshuì(ㄘㄨㄧ3),雖可轉sè(ㄙㄝ3),卻非七或八調,調不合。

「碎碎唸」宜作「詍詍唸」、「呭呭唸」,說文:「詍,多言也,詩曰:無然詍詍」,段注:「與口部呭,音義皆同」,孟子毛詩作「泄泄」,三家詩作「呭呭」、「詍詍」,爾雅釋訓作「洩洩」,集韻「詍,時制切」,讀sē(ㄙㄝ7),又注:「詍,私列切」,讀siàt(ㄒㄧㄚㄉ8),可音轉sèh(ㄙㄝㄏ8),不管讀七調還是八調,置前皆變三調,與口語音一樣。

如前述,應亦可作「泄泄唸」、「洩洩唸」,惟「泄」、「洩」屬水部字,不若「詍」屬言部、「呭」屬口部來得合宜,當然「唸」字亦比「念」字來得適宜。

家俬【家私、家生】

俗稱家中器物為ke-si（ㄍㄝ1-ㄒㄧ1），有作「家俬」或「傢俬」，其實應作「家私」或「家生」。

河洛話和北京話都用漢字，用字有的相同，有的不同，相同的如樹木、騎馬，不同的如行路和走路、落雨和下雨。今有人將河洛話用字故意異於北京話用字者，藉此彰顯河洛話之博大精深，但有時弄巧成拙，反而傷害河洛話，例如將「不曾」作「毋捌」、「恬恬」作「惦惦」、「未曉」作「袂曉」，把河洛話弄得既奇怪又險僻，令人無法親近。「家俬」亦屬這種例子。

通俗編貨財家私：「江西呂師夔，至元閒，分折家私，作十四分」，李商隱雜纂：「早晚不檢點門戶家私，師家長體」，家私，即家庭日用器物。

俗呼小錄：「器用曰家生，又曰家私」，古今小說：「二人收了，作別回家，便造房屋，買農具家生」，醒世姻緣傳：「吃完了酒，收拾了家生……」，水滸傳第五回：「……兩件家生，要幾兩銀子……」，中文大辭典：「家生，家用什器之總名」。

0610 懶散【懶怠、懶疏】

疲倦無力或心神慵懶，河洛話說lán-si（ㄌㄢ2-ㄒㄧ1），臺灣語典卷四：「懶怠，呼懶司；古音也」，連氏並舉多例說明「怠」可讀si（ㄒㄧ1），如從易經離卦傳得知「怠」與時、災、來為韻，從秦之罘東觀刻石辭得知「怠」與旗、疑、尤、治、罘為韻，從越語得知「怠」與來為韻。其實「怠」從心台聲，與怡、貽、飴、治同屬一韻，集韻：「怠，湯來切，音胎thai（ㄊㄞ1）」，音轉thi（ㄊㄧ1）、si（ㄒㄧ1）應屬合理。爾雅釋言：「怠者，嬾也」，「懶怠」為同義複詞，即懶。

臺灣漢語辭典作「懶散」，蘇軾徐大正閒軒詩：「君看東坡翁，懶散誰比數」，就詩句平仄而言，此處「散」讀平聲，可讀si（ㄒㄧ1），惟「散」一般不讀此音。

或可作「懶疏」，為「疏懶」之倒語，疏懶亦作疎懶、疏嬾、疎嬾，作懶散、鬆懈解，集韻：「疏，山於切」，音si（ㄒㄧ1），北齊書李繪傳：「下官膚體疏嬾，手足遲鈍」，范仲淹與朱氏書：「此間疏懶成性，日在池塘……」，劉基松葉酒歌寄梁安宅：「我生疏懶無所能」，北史盧思道傳：「才本駑拙，性實疏嬾」。

0611 時羞【庶羞】

　　語言是活的，向來有新有舊，河洛話雖然歷史悠久，也存在舊說法和新說法，例如河洛話稱零食、點心即有新舊說法，新說法是「麵食仔mī-tsiảh-á（ㄇㄧ7-ㄐㄧㄚ厂8-ㄚ2）」，臺灣因產米不產麥，主食是米，麥【麵粉】則多靠進口，早期因利用進口的麥【麵粉】來製做零食和點心，故稱零食、點心為「麵食仔」。

　　舊說法是sì-siù（ㄒㄧ3-ㄒㄧㄨ3），有作「時羞」，魏書崔光傳：「豐廚嘉醴，罄竭時羞」，韓愈祭十二郎文：「使建中遠具時羞之奠，告汝十二郎之靈」，時羞即應時的食物。

　　有作「庶羞」，荀子論禮：「祭齊大羹，而飽庶羞」，杜甫後出塞詩：「斑白居上列，酒酣進庶羞」，章炳麟沈藎哀辭：「謹以清酌庶羞，奠國士沈君之靈」，庶羞即泛指各種食物。

　　時羞、庶羞，皆為食物，但「時」五調【調不合】，「庶」三調，史記禮書：「口甘五味，為之庶羞酸鹹，以致其美」，庶羞即零食，稱零食時，「庶羞」優於「時羞」。

0612　視大【序大】

　　在重視家庭倫理的社會裡，輩份排序十分重要，因為它決定了尊卑關係，建立起家庭的倫理架構；所謂尊卑關係，即俗稱的「輩份」，輩份大者稱「序大sī-tuā（ㄒㄧ7-ㄉㄨㄚ7）」，反之稱「序細sī-sè（ㄒㄧ7-ㄙㄝ3）」。

　　玉篇：「序，長幼也」，廣雅釋詁三：「序，次也」，左氏昭二十九：「卿大夫以序守之」，注：「序，位次也」，可見就人倫關係而言，「序」指長幼關係，就其他人際關係而言，「序」指地位尊卑。集韻：「序，象呂切」，讀sī（ㄒㄧ7），俗將輩份大小寫做「序大」、「序細」，音義皆合。

　　有作「視大」，小爾雅：「視，比也」，且古書中常有「視某為大」之語，「視」即作比較義，「視大者」謂較大、較長之人，「視細者」謂較小、較幼之人，此實偏誤之說，因「視某為大」與「視某為畏途」、「視某為敵」詞構一樣，「視」作看解，不作比較解，亦無「排序」義。

　　以是故，寫做「序大」、「序細」，優於寫做「視大」、「視細」。

0613 順序【順事】

　　韻部i（一）與u（ㄨ）可通轉的現象是眾所周知的事，它是方言差產生的要素之一，漳泉音之間早就存在的問題，例如「箸」被說成tī（ㄉㄧ7）或tū（ㄉㄨ7），「豬」被說成ti（ㄉㄧ1）或tu（ㄉㄨ1），而且各擁有大量的使用人口。

　　因此，河洛話sūn-sī（ㄙㄨㄣ7-ㄒㄧ7），同時被說成sūn-sū（ㄙㄨㄣ7-ㄙㄨ7），便不值得奇怪，它就是一種方言差的現象。

　　不管是sūn-sī（ㄙㄨㄣ7-ㄒㄧ7），還是sūn-sū（ㄙㄨㄣ7-ㄙㄨ7），都存在著同音異詞的現象，這現象北京話也普遍存在，例如「意義」、「異議」和「異義」三詞義異卻音同，不可混淆。

　　河洛話說孕婦順利產子為ū-sūn-sī（ㄨ7-ㄙㄨㄣ7-ㄒㄧ7）【sī（ㄒㄧ7）或說成sū（ㄙㄨ7）】，有人寫做「有順序」，這並不適宜，應該寫做「有順事」才是正寫。

　　「生囝有順序」和「生囝有順事」各都成句，前句指生小孩有其依循之程序，後句指生小孩之事得以順利完成，意思不同，不可混談。

0614 捨世眾【䙝四眾】

蒙羞、出糧，河洛話說 sià（ㄒㄧㄚ3），有人寫做「捨」，如捨祖宗、捨父母、捨體面、捨面子、捨世眾……等。

「捨」作棄、廢解，無羞辱義，如「他為著貪圖富貴而捨父母」，「捨父母」是捨棄父母，並非羞辱父母，餘如捨祖宗、捨體面、捨面子、捨世眾，「捨」作捨棄義，不作羞辱、出糧義，河洛話說蒙羞、出糧為 sià（ㄒㄧㄚ3），不宜作「捨」。

河洛話說蒙羞、出糧為 sià（ㄒㄧㄚ3），應作「䙝」，即所謂䙝瀆使蒙污，䙝瀆祖宗、父母也好，䙝瀆體面、面子也好，其結果就是蒙羞或出糧。

「世眾 sì-tsìng（ㄒㄧ3-ㄐㄧㄥ3）」即眾人，非成詞，然字面可見「世間群眾」義，可用。改作「四眾」則更佳，「四眾」為成詞，唐海順三不為篇詩：「四眾瞻仰，三槐附交」，「四眾」即群眾。

俗亦說䙝祖䙝宗、䙝父䙝母、䙝兄䙝弟、䙝世䙝眾，因祖宗、父母、兄弟、世眾皆為對稱詞，倒說得通，若說䙝四䙝眾、䙝面䙝子，則為無理的衍生詞。

白帥帥
0615【白皙皙、白瑟瑟、白屑屑】

記得有一個洗衣粉廣告，一直強調洗出來的衣物pėh-siak-siak（ㄅㄝㄏ8-ㄒㄧㄚㄍ4-ㄒㄧㄚㄍ4），洗衣粉的品牌名便叫做「白帥帥」。

河洛話pėh-siak-siak（ㄅㄝㄏ8-ㄒㄧㄚㄍ4-ㄒㄧㄚㄍ4）不宜寫做「白帥帥」，雖廣韻：「帥，所律切，音蟀sut4（ㄙㄨㄅ4）」，音近siak（ㄒㄧㄚㄍ4），且近代北京話口語借「帥」作俊美義，「帥帥」仍與白無關，無法用來形容白。

「白帥帥」宜作「白皙皙」，詩鄘風君子偕老：「揚且之皙也」，左氏定九：「皙幘而衣貍製」，漢書霍光傳：「白皙疏眉」，周禮地官：「其民皙而瘠」，左傳昭廿六年：「有君子白皙」，以上「皙」皆作「白」解，廣韻：「皙，先擊切，音析sik（ㄒㄧㄍ4）」，可轉siak（ㄒㄧㄚㄍ4）。

「白皙皙」亦可作「白瑟瑟」、「白屑屑」，白話音亦說pėh-sut-sut（ㄅㄝㄏ8-ㄙㄨㄅ4-ㄙㄨㄅ4）。另有說pėh-tshang-tshang（ㄅㄝㄏ8-ㄘㄤ1-ㄘㄤ1），則應作「白蒼蒼」，其白話音亦說pėh-tshiⁿ-tshiⁿ（ㄅㄝㄏ8-ㄘㄧ1鼻音-ㄘㄧ1鼻音）。

0616　話玄、話閒【話先、話仙】

　　河洛話說uē-sian（ㄨㄝ7-ㄒㄧㄢ1），大抵含有二義，一為名詞，指喜愛閒聊者，一為動詞，指閒談。

　　名詞uē-sian（ㄨㄝ7-ㄒㄧㄢ1）宜作「話先」，說法與鴉片先、算命先、風水先、地理先、博局先【即賭徒】相同，「先」為「先生」之略，香祖筆記：「今人稱先生，古人亦有只稱先者。漢梅福曰：叔孫先，非不忠也。師古注：先猶先生」。

　　動詞uē-sian（ㄨㄝ7-ㄒㄧㄢ1）俗作「話仙」，「仙」即仙人，名詞，在此作狀詞用，「仙」乃傳說中因得道而長生不死者，屬虛無飄渺之傳奇人物，「話仙」即談一些有的沒的，這和「話玄」差不多，不過「玄」讀hiân（ㄏㄧㄢ5），調不合。

　　有作「話閒」，為「閒話」之倒語，即閒談，按「閒」可讀一調，廣韻：「閒，古閑切」，讀kan（ㄍㄢ1），與「間」同，音轉sian（ㄒㄧㄢ1），作閒空義。

　　以上「話仙」、「話玄」、「話閒」三者，較其音義，「話仙」最佳，「話閒」次之，「話玄」更次之。

騙仙【騙先、騙千】

河洛話稱行使騙術者為「馬扁仙má-pián-sian（ㄇㄚ2-ㄅㄧㄢ2-ㄒㄧㄢ1）」、「騙仙phiàn-sian（ㄆㄧㄢ3-ㄒㄧㄢ1）」，前者拆「騙」成「馬」和「扁」，乃江湖術語，後者屬一般民間說法，如今都仍通行。

不管如何，這「仙」字用得很奇怪，按「仙」字用來指稱人物時，多作積極褒義詞用，或直指仙人，或指稱高尚超俗之人，如天仙、大羅神仙，「仙」字怎會和江湖老千扯上關係，難道意指這些江湖老千的騙術出神入化，有若神仙？

如果改用「先」字呢？按「先」字當人物時，可指稱先人或長而有德者，不過俗亦用來指稱有所專為者，如算命先、風水先、地理先、鴉片先、博局先【即賭徒】，稱江湖老千為「馬扁先」、「騙先」似乎也說得通。

既是指稱江湖老千，當然可考慮用「千」字，即老千，指行詐術者，「千」讀做tshian（ㄑㄧㄢ1）、tshing（ㄑㄧㄥ1），口語音轉sian（ㄒㄧㄢ1），例如「千不當」的「千」口語也讀做sian（ㄒㄧㄢ1）。

0618　搧裒、掾幅【線幅】

衣物布料可分緝邊與不緝邊，不緝邊者簡單鬆散，較為粗陋，緝邊者形式完備，外表較為平整，「緝邊」的河洛話稱為「搧裒siàn-pô（ㄒ一ㄢ3-ㄅㄛ5）」。

有論者以為「搧」即打邊，如扇之打褶，此誠自揣之說，無據。集韻：「搧，式戰切」，讀siàn（ㄒ一ㄢ3），集韻：「搧，批也」，通俗編雜字：「搧，今謂以手批面曰搧」，即世俗說的「搧嘴頰siàn-tshuì-phué（ㄒ一ㄢ3-ㄘㄨ一3-ㄆㄨㄝ2）」，實與衣物布料之緝邊毫無關係。

臺灣漢語辭典作「掾幅」，說文：「掾，緣也」，段注：「引伸為凡夤緣邊際之偁，掾者緣其邊際而陳掾也，陳掾，猶經營也」，故「掾幅」即指對邊幅的經營，即所謂「緝邊」，不過韻書注「掾」讀平聲五調、去聲七調，不讀三調，調不合。

緝邊宜作「線幅」，言以線加諸邊幅也，「線」在此為動詞，即以線縫之，正韻：「線，先見切」，讀siàn（ㄒ一ㄢ3），口語讀suà（ㄙㄨㄚ3鼻音）【如線落去，見0668篇】。

「裒」宜作「幅」，「幅hok（ㄏㄛㄍ4）」口語可讀pô（ㄅㄛ5）【見0524篇】。

大細腎【大細仙】

　　親姊妹的丈夫相互間的稱呼，北京話稱「連襟」，河洛話說法相當特別，稱「大細腎tuā-sè-siān（ㄉㄨㄚ7-ㄙ ㄝ3-ㄒㄧㄢ7）」，這裡的「腎」由sīn（ㄒㄧㄣ7）音轉為siān（ㄒㄧㄢ7），指外腎，即俗稱的「陰囊」，也就是河洛話說的「卵脬lān-pha（ㄌㄢ7-ㄆㄚ1）」，今又稱LP，「大細腎」即「大卵脬」和「細卵脬」，連襟兄弟怎會如此互稱呢？

　　其實「大細腎」應寫做「大細仙」，唐傳奇吳雙傳中，王仙客娶外舅之女無雙，因亦用為王姓女婿之典，秦觀調笑令十首并詩無雙：「姊家仙客最明俊，舅母惟止呼王郎」，宋無名氏鵲橋仙詞：「風流仙客，文章逸少，復見當年佳婿」，以上「仙客」原指王仙客，後人引仙客以稱女婿，稱大女婿為大仙客，小女婿為細仙客，後來演變成女婿彼此間以「大細仙」互稱。

　　今鹿港人讀「仙」為siān（ㄒㄧㄢ7），與「腎」字口語音相同，「大細仙」遂被戲寫為「大細腎」，雖不雅，卻有諧趣。

0620 倦到到【憚答答】

俗說非常疲倦為sian-tauh-tauh（ㄒㄧㄢ7-ㄉㄠㄏ4-ㄉㄠㄏ4），俗有作「倦到到」，顯然欠妥，尤其「到到」不但義不妥，音亦不合。

廈門音新字典將「倦」字訓讀sian（ㄒㄧㄢ7），其實sian（ㄒㄧㄢ7）可寫「憚」，廣韻：「憚，徒案切，音但tān（ㄉㄢ7）」，不過從造字原理來看，「憚」、「禪」、「蟬」、「嬋」都是從單聲之形聲字，「禪」、「蟬」、「嬋」皆讀sian（ㄒㄧㄢ）音，「憚」口語可以讀做sian（ㄒㄧㄢ7）。

集韻：「憚，難也」，又曰：「憚，勞也」，難，忌難，即畏懼、害怕，屬心理；勞，疲勞，即厭倦、疲困，屬生理，河洛話「憚sian（ㄒㄧㄢ7）」即包括此二意涵。

tauh-tauh（ㄉㄠㄏ4-ㄉㄠㄏ4）可作「答答」，白雪遺音馬頭調：「冤家進門答答戰，心裡好似滾油煎」，西廂記草橋店夢鶯鶯雜劇：「羞答答，不肯把頭抬」，「答答」作助詞，用來加強文意，如前，「答答」加深「戰」、「羞」的效果，而「答tah（ㄉㄚ4）」可音轉tauh（ㄉㄠㄏ4）。【「憚答答」亦可作「憚怛怛」，見0718篇】

倒向仰、倒相仰【倒摔仰】

仰向後摔，河洛話說「仰後摔倒hiàⁿ-āu-siak-tó（ㄏㄧㄚ3鼻音-ㄠ7-ㄒㄧㄚㄍ4-ㄉㄜ2）」，或說tò-siàng-hiàⁿ（ㄉㄜ3-ㄒㄧㄤ3-ㄏㄧㄚ3鼻音），俗作「倒向仰」。

首先須注意的，「仰後摔倒」的「倒」讀tó（ㄉㄜ2），當動詞，作倒下義；「倒向仰」的「倒」讀tò（ㄉㄜ3），當方位詞，作逆向義，即「前面」或「右方」的反義詞。雖同是「倒」字，詞性、字音、字義卻不同，情況相當特別。

倒向，即往後面的方向；倒向仰，簡言之，即向後仰，這和「仰身向後摔」不盡相同，因為少了「摔倒」的意思，作「倒向仰」有其不妥處。

「相」可讀siàng（ㄒㄧㄤ3），謂姿態容貌形體，「倒相」即倒下之姿，「倒相仰」即以仰姿倒下，與「仰身向後摔」之義相同，但此處「倒」為動詞，作倒下義，宜讀tó（ㄉㄜ2），與口語音tò（ㄉㄜ3）不同，嚴格說，聲調不合。

倒摔，即向後摔；倒摔仰，即以仰姿向後摔，「摔siak（ㄒㄧㄚㄍ4）【或轉siah（ㄒㄧㄚㄏ4）】」與siàng（ㄒㄧㄤ3）置前皆變二調，口語音幾近相同，作「倒摔仰」最佳。

0622 像【相仝】

對自己所妒恨或瞧不起的人，俗說「放屎都不合伊踞『siāng（ㄒㄧㄤ7）【或讀五調】』屎礐」，意思是說連大便也不齒與之上相同的廁所。siāng（ㄒㄧㄤ7）俗作「像」，意思是「相同」。

說文：「像，似也」，即相似、好像，與「相同」不一樣，像是像，同是同，是兩回事，不宜混淆，作「放屎都不合伊踞像屎礐」，欠妥。

「像」應作「同」，但「同」音tông（ㄉㄛㄥ5），改作同義異形異音的「仝kāng（ㄍㄤ7）【或讀五調】」似較佳【「仝」是「同」的後造字，疑為道教用字，就造字原理來看，「仝」從人工聲，口語讀kâng（ㄍㄤ5）、kāng（ㄍㄤ7）】，如「你和我讀同一所學校」，河洛話說「你合我讀『仝kāng（ㄍㄤ7）』一間學校」，若說成「你合我讀『相仝』一間學校」，「相仝sio-kāng（ㄒㄧㄛ1-ㄍㄤ7）【「仝」或讀五調】」急讀縮音即成siāng（ㄒㄧㄤ7）【或讀五調】。

故俗話說「放屎都不合伊踞像屎礐」，宜作「放屎都不合伊踞『仝kāng（ㄍㄤ7）』屎礐」，或「放屎都不合伊踞『相仝【兩字合讀成siāng（ㄒㄧㄤ7）】』屎礐」。

0623　邪人【成人】

「誘惑」之河洛話單說siâⁿ（ㄒㄧㄚ5鼻音）。

臺灣漢語辭典作「邪」，續列女傳更始夫人傳：「諂佞邪媚」，邪媚即以妖媚誘人，「邪」即誘惑，作動詞，一般「邪」作名詞，如捉邪；亦作狀詞，如邪心；如此一來，「邪心siâ-sim（ㄒㄧㄚ5-ㄒㄧㄇ1）」指邪惡之心【「邪」作狀詞】；「邪心siâⁿ-sim（ㄒㄧㄚ5鼻音-ㄒㄧㄇ1）」指誘惑人心【「邪」作動詞】，讀音相仿，恐易生混淆。

誘惑應可作「成siâⁿ（ㄒㄧㄚ5鼻音）」，楚辭九歌小司命：「滿堂兮美人，獨與余兮目成」，注：「司命獨與我睌而相視」，所謂「目成」即秋波流轉，以目相誘。

其實「成」字讀音繁複：

指「已成」，文讀sîng（ㄒㄧㄥ5），白讀tsiâⁿ（ㄐㄧㄚ5鼻音），如成人、成物。

指「使之成【用作積極褒義詞，即使成】」，白讀tshiâⁿ（ㄑㄧㄚ5鼻音），如成人、成養。

指「使之成【用作消極貶義詞，即誘成】」，白讀siâⁿ（ㄒㄧㄚ5鼻音），如成人、成騙。

指「事物之十分之一」，亦讀siâⁿ（ㄒㄧㄚ5鼻音），如一成、三成半。

0624　見誚、見笑【見羞】

　　河洛話稱「含羞草」為kiàn-siàu-tsháu（ㄍㄧㄢ3-ㄒㄧㄠ3-ㄘㄠ2），稱「含羞」為kiàn-siàu（ㄍㄧㄢ3-ㄒㄧㄠ3），俗有作「見誚」，廣雅釋詁：「誚，讓也」，廣韻：「誚，責也」，可見「見誚」實無含羞義，何況廣韻：「誚，才笑切」，讀tsiāu（ㄐㄧㄠ7），調不合。

　　俗亦多作「見笑」，莊子秋水：「吾長見笑於大方之家」，桃花扇題畫：「見笑見笑，就求題詠幾句，為拙畫生色如何」，清屈大均途中遇雨作詩：「野花休見笑，吾道本艱難」，西遊記第五十七回：「孫大聖惱惱悶悶，起在空中，欲待回花果山水濂洞，恐本洞小妖見笑」，以上「見笑」作被人笑話義，與「含羞」不同。

　　其實kiàn-siàu（ㄍㄧㄢ3-ㄒㄧㄠ3）應寫做「見羞」，作表現出羞態義，亦即所謂害羞、含羞、難為情或不好意思，明流兌嬌紅記：「為什麼見人羞，斜蔽過芙蓉面」，剛好證明「見羞」就是「含羞」，廣韻：「羞，息流切」，讀做siù（ㄒㄧㄨ3），口語轉siàu（ㄒㄧㄠ3）。

肖想【素想、數想】

「想」是一回事，但若在時間上增長，次數上增加，就成為長期的想望或想念，成為急切的想望或想念，就成為河洛話說的siàu-siūⁿ（ㄒㄧㄠ3-ㄒㄧㄨ7鼻音）、siàu-bāng（ㄒㄧㄠ3-ㄅㄤ7）、siàu-liām（ㄒㄧㄠ3-ㄌㄧㄚㄇ7），以上三詞，俗多作「肖想」、「肖望」、「肖念」。

然「肖」作相似、效法、善、小、釋散、衰微義，將長期的想望或想念，以及急切的想望或想念寫做「肖想」、「肖望」、「肖念」，只能算是記音寫法，根本無法達意，不妥。

長期的想法，即素來的想法，不妨作「素想」、「素望」、「素念」，素，向來也。

急切的想法，即一再的想法，不妨作「數想」、「數望」、「數念」，數，屢次也。

「素」和「數」河洛話都讀sò（ㄙㄛ3），白話都讀siàu（ㄒㄧㄠ3），例如素想、素望、素念，例如口數【「口」白讀kha（ㄎㄚ1）】、價數、管數、算數、數條、數目、數簿、數櫃、數碼、數額、數想、數望、數念。

0626　精、溲、潲【漦】

　　河洛話稱「男精」為siâu（ㄒㄧㄠ5），寫法莫衷一是。

　　廈門音新字典作「精」，屬訓讀，按「精tsing（ㄐㄧㄥ1）」難轉siâu（ㄒㄧㄠ5）。

　　有作「溲」，引莊子則陽：「並遺漏發……，內熱溲膏是也」，誤「溲膏」為男精，其實「溲膏」是溺精，溲是小便，膏才是精，且韻書注「溲」一、二調，調不合。

　　有作「潲」，玉篇：「潲，米泔也」，即淅米汁，非男精，韻書注「潲」讀siu（ㄒㄧㄨ）一、二、三調，亦不讀五調。

　　有作「漦lî（ㄌㄧ5）」，指魚龍類之涎沫，亦即魚龍口中或體表流出之精氣，史記周紀：「漦流於庭，化為玄黿，後宮童妾遭之而孕」，可見「漦」雖為涎沫，其實等同男精，可使童妾受孕。

　　廣韻：「漦，俟菑切，音狋sû（ㄙㄨ5）」，可轉siû（ㄒㄧㄨ5）、siâu（ㄒㄧㄠ5），如「羞」、「數」兼讀sù（ㄙㄨ3）、siàu（ㄒㄧㄠ3），「俱」兼讀ku（ㄍㄨ1）、kiau（ㄍㄧㄠ1），「柱」兼讀tū（ㄅㄨ7）、thiāu（ㄊㄧㄠ7），道理一樣。

0627 肴膮【虛辭、詨辭】

　　河洛話說到siâu（ㄒㄧㄠ5），總有人以為是指「膮【男精】」，如hau-siâu（ㄏㄠ1-ㄒㄧㄠ5）本指謊話，因說謊該罵，故有作「肴膮」，用來罵說謊的人「吃男精」。

　　hau-siâu（ㄏㄠ1-ㄒㄧㄠ5）大抵指兩種謊話，一指誇大的謊話，一指虛假的謊話，誇大的謊話宜作「詨辭」，虛假的謊話宜作「虛辭」。

　　廣韻：「詨，誇語也」，集韻：「詨，矜誇也」，「詨辭」即誇大之言，集韻：「詨，虛交切」，讀hau（ㄏㄠ1）。

　　虛，不實也，「虛辭」即不實之言，戰國策楚策：「夫從人者，飾辯虛辭，高主之節行，言其利而不言其害」，呂氏春秋：「其民不好空言虛辭，不好淫學流說」，史記蘇秦傳：「是王以虛辭附秦」。

　　廣韻：「虛，去魚切」，讀hi（ㄏㄧ1）、hu（ㄏㄨ1），廣韻：「辭，似慈切，音詞sû（ㄙㄨ5）」。俗u（ㄨ）、iau（ㄧㄠ）可通轉，如差、俱、數、柱，「虛辭」口語可讀hau-siâu（ㄏㄠ1-ㄒㄧㄠ5）。

0628 如潃潃【拏囂囂】

　　說話不明理，或以不明理之語對人，河洛話稱「讙huan（ㄏㄨㄢ1）」、「譁hue（ㄏㄨㄝ1）」或jû（ㄗㄨˊ5），俗多作「如」，拆「如」可得「女」、「口」，若女口為jû（ㄗㄨˊ5），恐對女性是個侮辱。

　　jû（ㄗㄨˊ5）宜作「拏【或挐、絮】」，方言十：「囒哰、謰謱、拏也。東齊、周、晉之鄙曰囒哰，南楚曰謰謱」，注：「言諸拏也」，戴震疏證：「說文拏，牽引也，諸拏，羞窮也，又言部云謰謱，辵部云連邊，玉篇作嗹嘍，多言也，廣韻嗹嘍，言語繁絮貌，連嘍，煩貌，謰謱，小兒語，隨文立訓，義可互見」，說文解字釋例：「此紛拏之拏也，典籍多作挐」，故拏、挐、絮皆可讀「如」聲，音jû（ㄗㄨˊ5）。

　　俗說「如潃潃」宜作「拏囂囂jû-siâu-siâu（ㄗㄨˊ5-ㄒㄧㄠ5-ㄒㄧㄠ5）」，或「挐囂囂」、「絮囂囂」，集韻：「囂，誼也」，即喧嘩，聲音喧鬧，集傳：「囂囂，聲眾盛也」，拏囂囂，謂極端不明理的語言。

衰韶、衰小【衰邪】

俗話說：「看到黑影就開槍」，在說不分皂白，一概而論的一種行事方式，河洛話說到siâu（ㄒㄧㄠ5）就是這樣，論者總是說siâu（ㄒㄧㄠ5）是男精，是粗話，含詈罵、詛咒之意。

河洛話說「倒楣」為sue-siâu（ㄙㄨㄝ1-ㄒㄧㄠ5），有論者即作上論而作「衰韶」，曰「韶」假同音為之，謂精液也，又「衰韶」言「衰」亦可，加一「韶」字有詈罵、詛咒含意。

臺灣漢語辭典作「衰小」，左氏襄十九：「其周德之衰乎」，注：「衰，小也」，「衰小」為同義複詞，「衰小」即衰、即小，所謂「衰小運」即衰運，即小運，義似乎可行，只是廣韻：「小，私兆切」，讀siáu（ㄒㄧㄠ2），如小人；口語讀sió（ㄒㄧㆦ2），如小牛；調不合。

siâu（ㄒㄧㄠ5）其實可視為虛字「邪」，無義，「邪siâ（ㄒㄧㄚ5）」可音轉siâu（ㄒㄧㄠ5），故「衰邪」即「衰」 【見0633篇】。

0630 【創啥事由、創啥邪】
創啥ㄒㄧㄠˇ

　　河洛話說「男精」為siâu（ㄒㄧㄠ5），故說到siâu（ㄒㄧㄠ5），總有人認為不雅。

　　記得有一位督學巡堂，發現有學生在睡覺，督學輕拍學生肩膀，不料學生伸手一撥，嘴裡一句：「創啥ㄒㄧㄠˇ」，督學火起，出手便是一巴掌。

　　督學的做法令人為他捏一把冷汗，因為學生嘴裡的「創啥ㄒㄧㄠˇ」，其實並非髒話，甚至還相當雅正。

　　創，作也；啥，何也；「創啥」就是「做什麼」。那「ㄒㄧㄠˇ」呢？難道真是男精？

　　問題就出在這裡，其實「ㄒㄧㄠˇ」是「事由sū-iû（ㄙㄨ7-ㄧㄨ5）」的合讀音，本來是siû（ㄒㄧㄨ5），後來多了a（ㄚ）音，轉成siâu（ㄒㄧㄠ5）。

　　或是將siâu（ㄒㄧㄠ5）當成無義的語尾虛詞，寫做「邪siâ（ㄒㄧㄚ5）」【音轉siâu（ㄒㄧㄠ5）】，「創啥邪」即「創啥」。

　　Tshòng-sáⁿ-siâu（ㄘㆲ3-ㄙㄚ2鼻音-ㄒㄧㄠ5）寫做「創啥事由」、「創啥邪」，不是很典雅嗎？哪是髒話！

0631 【無啥邪路用、無甚邪路用】
無三小路用、無些少路用

　　譏刺人沒用，河洛話會說「bô-sáⁿ-siâu-lō-iōng（ㄅˋ古5-ㄙㄚ2鼻音-ㄒㄧㄠ5-ㄌㄛ7-ㄧㄛㄥ7）」，俗多作「無三小路用」。有藝人在節目裡耍嘴皮，將這句話變造為「無……三小……朋友……」，製造笑果，順便閃避公開說髒話的窘態，其實大可不必，因為語詞中的siâu（ㄒㄧㄠ5）根本不是指「男精」，語詞根本不是髒話。

　　有以為sáⁿ-siâu（ㄙㄚ2鼻音-ㄒㄧㄠ5）意指「一些些」，整句話作「無一些些用處」解，寫做「無些少路用」、「無些小路用」，「些」、「少」、「小」都具微量義，不過「些」作少義時，廣韻注「寫邪切」，讀sia（ㄒㄧㄚ1），「少」、「小」作微量義時，讀siáu（ㄒㄧㄠ2），與口語音sáⁿ-siâu（ㄙㄚ2鼻音-ㄒㄧㄠ5）調不合。

　　其實sáⁿ（ㄙㄚ2鼻音）應作「啥」，中文大辭典：「啥，猶今語甚麼」，「沒甚麼用處」即說「無啥路用」，後加虛字「邪siâ（ㄒㄧㄚ5）」，口語亦說「無啥邪路用」，其實亦可作「無甚邪路用」，廣韻：「甚，常枕切」，讀sím（ㄒㄧㄇ2），可音轉siám（ㄒㄧㄚㄇ2）、siáⁿ（ㄒㄧㄚ2鼻音）。

0632 靳卵、淋卵【睨瞧、瞅瞧】

　　很多人都以為河洛話粗俗，因為河洛話裡頭有很多獟【男精】siâu（ㄒㄧㄠ5）、卵【男陰】lān（ㄌㄢ7）之類的話。

　　其實，語言的衍生也是加劇此一現象的重要原因之一，例如憨笑【癡呆】、驚竦【害怕】、毒愁【厭惡】的「笑」、「竦」、「愁」，在臺灣漢語辭典中皆白讀siâu（ㄒㄧㄠ5），而在現實口語世界裡，siâu（ㄒㄧㄠ5）又衍生出lān（ㄌㄢ7）的說法，且詞義不變，故衍生出「憨卵」、「驚卵」、「毒卵」【「毒」讀thāu（ㄊㄠ7）】的新說法。

　　河洛話說瞎聊為「話笑」，說討厭為「睨瞧」【「睨」讀gê（ㄍㄝ5）】，說理睬【即瞅睬】為「瞅瞧」【「瞅」讀tshiù（ㄑㄧㄨ3），以上「笑」、「瞧」皆讀siâu（ㄒㄧㄠ5）】，因siâu（ㄒㄧㄠ5）後來衍生出lān（ㄌㄢ7），故亦說成話卵uē-lān（ㄨㄝ7-ㄌㄢ7）、靳卵gīn-lān（ㄍㄧㄣ7-ㄌㄢ7）、淋卵hiù-lān（ㄏㄧㄨ3-ㄌㄢ7），詞義不變。

　　當siâu（ㄒㄧㄠ5）衍生出lān（ㄌㄢ7），「憨卵」、「驚卵」、「毒卵」、「話卵」、「靳卵」、「淋卵」便難以稽考了。

0633　漦【邪】

　　河洛話稱男精為siâu（ㄒㄧㄠ5），偏偏河洛話含siâu（ㄒㄧㄠ5）音之語詞甚多，故俗有一正面評價：河洛話具鄉土性，原味十足，不過亦因此另有一負面評價：河洛話粗糙低俗，儉卻有力。

　　其實含siâu（ㄒㄧㄠ5）音之語詞可分兩類，一為siâu（ㄒㄧㄠ5）音不可省略者，如【以下siau5（ㄒㄧㄠ5）以符號△表示】虛△、目△、訕△、無操△；一為siâu（ㄒㄧㄠ5）音可省略者，如唸△、睬△、創啥△、驚△、睨△、瞅△、憨△、衰△、謔△、啥△【以上諸詞省略siâu（ㄒㄧㄠ5），即成唸、睬、創啥、驚、睨、瞅、憨、衰、謔、啥，詞意不變】，故有以為siâu（ㄒㄧㄠ5）即「漦【男精】」，乃後加的具草根性格的粗獷語尾詞，無義。

　　siâu（ㄒㄧㄠ5）應視為語尾虛詞，相當於「邪siâ（ㄒㄧㄚ5）」，荀子榮辱：「我欲屬之鳥鼠禽獸邪，則不可」，後漢書馬援傳：「言君臣邪，固當諫爭；語朋友邪，應有切磋」，荀子勸學：「為善不積邪，安有不聞者乎」，莊子三木：「一呼而不聞，再呼而不聞，於是三呼邪，則必以惡聲隨之」，以上「邪」皆作語尾助詞，無義。

0634 雷光礦磾【雷光爍丙、雷攻電丙、雷狂電亂】

　　河洛話說「打雷閃電」為luî-kong-sih-nā（ㄌㄨㄟ5-ㄍ ㄛㄥ1-ㄒㄧㄏ4-ㄋㄚ7）【末字或讀nah（ㄋㄚㄏ4）】，臺灣漢語辭典作「雷光礦磾」，雷光，電光也；礦磾，灼電之耀也，打雷閃電作「雷光礦磾」義可行，惟「礦磾」音不甚相合。

　　高階標準臺語字典作「雷光爍丙」，爍，閃爍也；丙，舌動貌【俗讀thiám（ㄊㄧㄚㄇ2），與舔同，口語讀nā（ㄋㄚ7），如兩舌】，「雷光爍丙」即電光閃爍如舌動，音義皆可行。

　　閃電即「爍丙」，爍、丙皆動詞，組合成詞卻不一定指閃電【也可以指火舌】，若作「電丙」，謂電閃有如舌動，則甚為明確，「電」從雨申聲，口語讀如申sìn（ㄒㄧㄣ3）【集韻：「申，思晉切，音信」】，「電sìn（ㄒㄧㄣ3）」、「爍sih（ㄒㄧㄏ4）」置前皆變二調，口語音一樣。

　　閃電作「電丙」，則打雷可作「雷攻」，「雷攻」和「電丙」剛好成對，剛好可以組成一個典型的成語語詞。

　　同理，作「雷狂電亂」亦可，亦屬成語句型，「狂」置前變七調，與口語音相同，「亂」可轉lān（ㄌㄢ7）、nā（ㄋㄚ7），如「天頂雷狂電亂，我會驚」。

0635

新婦 【媳婦】

「媳婦」二字河洛話俗多讀做sik-hū（ㄒㄧㄍ4-ㄏㄨ7），也可以讀sim-pū（ㄒㄧㄇ1-ㄅㄨ7），卻極少人知道。

正因如此，河洛話sim-pū（ㄒㄧㄇ1-ㄅㄨ7）俗多作「新婦」，此寫法倒有幾分理，至少它可以指稱剛過門不久的媳婦，但用來指稱過門很久的媳婦，似乎欠妥。

「媳」字從女息聲，讀如「息sik（ㄒㄧㄍ4）」，然「息」從自心，「自」即鼻，「心」置「自」下，象氣自鼻下出之形，且「心sim（ㄒㄧㄇ1）」亦聲，故「息」口語亦讀si（ㄒㄧ1）、sim（ㄒㄧㄇ1），如「氣息」俗就白讀khuì-si（ㄎㄨㄧ3-ㄒㄧ1）【俗多作「氣絲」乃指氣若游絲，與「氣息」有別】，因此「心」、「息」、「媳」口語音可讀si（ㄒㄧ1）、sim（ㄒㄧㄇ1），「媳婦」可讀si-pū（ㄒㄧ1-ㄅㄨ7），或sim-pū（ㄒㄧㄇ1-ㄅㄨ7）。

生物界繁衍後代，尤其是卵生動物，所憑藉的正是「生siⁿ（ㄒㄧ1鼻音）」和「孵pū（ㄅㄨ7）」，「生孵」和「媳婦」讀音相仿，古農業時期，家族延續全賴媳婦之「生【生產】」與「孵【教育】」，河洛古語取法自然生態，此堪稱力證。

0636　內神通外鬼【內臣通外宄】

　　裡頭的人串通外頭的人以牟取不當利益，河洛話說lāi-sîn-thong-guā-kuí（ㄌㄞ7-ㄒㄧㄣ5-ㄊㄛㄥ1-ㄍ'ㄨㄚ7-ㄍㄨㄧ2），因話中有sîn（ㄒㄧㄣ5）有kuí（ㄍㄨㄧ2），大家以為是「神」是「鬼」，俗便多作「內神通外鬼」。

　　「內神通外鬼」的寫法怪怪的，大家試想：家神乃家中的守護神，怎會暗通外面的鬼，來傷害自家人？再說鬼神一正一邪，向來形同水火，互不兩立，怎會相互勾結，一起做壞事？

　　其實這句話應寫做「內臣通外宄」，內臣，下屬也，於國際間，指屬國；於國之內，指國臣；於禁宮中，指宦官；於富豪家裡，指奴僕【亦即所謂「家臣」】。

　　說文：「宄，姦也，外為盜，內為宄」，然一切經音義：「在內曰姦，在外曰宄」，廣雅釋詁四：「宄，盜也」，故宄即盜，外宄即外盜。

　　家內奴僕串通外盜以牟取不當利益即「內臣通外宄」，這才是口語俗諺的含義，根本與鬼神無涉，不宜作「內神通外鬼」。

0637 辛勞、身勞【臣奴、薪勞】

今日所謂「員工」、「受薪者」，河洛話稱sin-lô（ㄒㄧㄣ1-ㄌㄛ5），俗作「辛勞」、「身勞」、「薪勞」，前二者似乎欠妥，「辛勞」即辛苦、勞苦，「身勞」即身體受到勞苦或感到勞苦，都非名詞，都不宜用來指稱「員工」、「受薪者」。

南史隱逸傳上陶潛：「今遣此力，助汝薪水之勞」，可見受薪水之勞者即為「薪勞」，可用來指稱員工、受薪者。

「勞」可作名詞，曰事功，如「功勞」；曰勞力，如「有事弟子服其勞」；曰憂，如「書疏往返，未足解其勞結」；曰姓，如「勞丙【後漢琅邪人】」；卻未見名詞「勞」作人物職稱用，不過時下所謂「外勞」、「本勞」、「泰勞」、「越勞」，「勞」係「勞工」之略，表身分，但屬於現代新的用法。

其實sin（ㄒㄧㄣ1）宜讀五調【一、五調置前皆讀七調，口語音一樣】，作「臣sîn（ㄒㄧㄣ5）」，指下屬、奴僕，與臣下、臣僕、臣隸、臣屬一樣，與家臣、內臣一樣。

古代受雇而幫人作事者，稱臣、奴、僕、婢、隸、虜、嬛、工……，sîn-lô（ㄒㄧㄣ5-ㄌㄛ5）理當出其中，則「臣奴」最為妥切。

0638

恂神【恂生】

　　河洛話稱癡愚而不知天高地厚為「恂khờ（ㄎㄛ3）」、「恂恂」、「恂神」，其他稱愚蠢無知為「倥khong（ㄎˋㄛㄥ1）【亦作悾】」、「倥倥【亦作悾悾】」、「倥神【亦作悾神】」；稱愚笨無能為「戇gōng（ㄍˋㄛㄥ7）」、「戇戇」、「戇神」；稱驚愕無主張為「愣gāng（ㄍˋㄤ7）」、「愣愣」、「愣神」；稱愚蠢而無所懼為「憨khám（ㄎㄚㄇ2）」、「憨憨」、「憨神」；稱不聰明為「儑gām（ㄍˋㄚㄇ7）」、「儑儑」、「儑神」；句型變化完全一樣，且每組第三個詞例都用來指稱「神智」狀態，故用「神」字，作恂神、倥神、戇神、愣神、憨神、儑神。

　　河洛話亦有「恂生」、「倥生」、「戇生」、「愣生」、「憨生」、「儑生」之說，「生」讀se^n（ㄙㄝ1鼻音），作天生解，不過口語亦讀sîn（ㄒㄧㄥ5），乃「生成se^n-sîng（ㄙㄝ1鼻音-ㄒㄧㄥ5）」兩字的合讀音，但仍略寫「生」，即由「生成恂」而成「恂生成」，而成「恂生」【餘「倥生」、「戇生」、「愣生」、「憨生」、「儑生」也一樣】。

　　「恂神」乃神智恂恂，「恂生」為天生恂恂、生做恂恂，讀音雖同，義卻不同。

縱狗上灶 【幸狗上灶】

俗話說：「縱狗上灶，縱囝不孝」，意思是說被溺愛的狗會跳上灶臺搗蛋，被溺愛的兒女往往不知盡孝，在此「縱」讀做sīng（ㄒㄧㄥ7），作放縱、放任解。

「縱」確實可讀去聲，廣韻：「縱，子用切」，讀tsòng（ㄗㄛㄥ3），可轉sìng（ㄒㄧㄥ3），雖也是去聲，卻不是七調，調不合。

sīng（ㄒㄧㄥ7）宜作「幸」，幸，得寵也，獨斷上：「親愛者皆曰幸」，故「幸」具寵愛、溺愛義，按「幸」字河洛話讀hìng（ㄏㄧㄥ3），如幸酒；亦讀hīng（ㄏㄧㄥ7），如幸福；口語則音轉sīng（ㄒㄧㄥ7），如寵幸、幸狗、幸囝。

「縱」、「幸」其實分別很大，「縱」是放縱，「幸」是溺愛，是兩回事，雖然這樣，「放縱狗」和「溺愛狗」都極容易造成狗上灶，「放縱囝」和「溺愛囝」也極容易造成囝不孝，其造成的後果一樣。

不宜作「縱狗上灶，縱囝不孝」，除「縱」調有出入，更因易生歧義，試比較「縱虎歸山」、「縱狗咬人」的「縱」，便知「縱狗上灶」、「縱囝不孝」寫法欠妥。

三頓燒

0640 【三頓饈、三頓鬺、三頓飼】

　　河洛話有俗諺說：「不孝新婦三頓燒，有孝查某団路裡搖」，意思是「媳婦雖然不孝，卻能煮一日三餐，讓兩位老人家【指公公婆婆】不會挨餓，女兒雖然孝順，卻嫁得遠遠的，無法照顧年老的雙親」，不過這句話裡頭用字問題很多。

　　其一，「新婦」宜作「媳婦」【見0635篇】。

　　其二，「三頓燒」指一日三餐飯菜，無關冷熱，宜作「三頓饈」、「三頓鬺」、「三頓飼」，饈，膳也，羞肴【饈餚】也，集韻：「饈，思留切，音修siu（ㄒㄧㄨ1）」；鬺，煮也，集韻：「鬺，尸羊切，音商siong（ㄒㄧㄛㄥ1）」；飼，食也，集韻：「飼，尸羊切，音商siong（ㄒㄧㄛㄥ1）」；作「饈」、「鬺」、「飼」音義皆合。

　　其三，「有孝」宜作「友孝」【見0153篇】。

　　其四，「查某」宜作「諸女【亦可作「諸母」】」【見0833篇】。

　　其五，「路裡搖」作在路上搖來搖去義，與口語義不合，宜作「路里遙」，「里」為計路程單位，「路里」即道路里程，「路里遙」指路途遙遠。

0641 燒溫【傷賂、常例】

　　河洛話sio-lō（ㄒㄧㄛ1-ㄌㄛ7），有多種意思，寫法理應區分。

　　sio-lō（ㄒㄧㄛ1-ㄌㄛ7），溫暖也，寫做「燒溫」，如「中晝天氣有較燒溫」，「溫俗多讀un（ㄨㄣ1）、ùn（ㄨㄣ3），續字彙補：「溫，徒到切」，讀tō（ㄉㄛ7）。

　　sio-lō（ㄒㄧㄛ1-ㄌㄛ7），傷財也，寫做「傷賂」，如「近來物資起價，生活費誠傷賂【亦可作燒賂】」，左氏莊二十八：「以王命取賂而還」，左思吳都賦：「其琛賂則琨瑤之阜」，注：「賂，貨也」，即財貨，傷賂即傷財。廣韻：「賂，洛故切，音路lō（ㄌㄛ7）」，與lō（ㄌㄛ7）聲音相近。

　　sio-lō（ㄒㄧㄛ1-ㄌㄛ7），習常也，寫做「常例」，如「不管你，你遂常例起來，講話愈無分寸」，常例猶言慣例，指常有之事，作習常義，為「例常」之倒語，「常」以「尚siō͘（ㄒㄧㄛ7鼻音）」為聲根，可讀siô（ㄒㄧㄛ5），「例lē（ㄌㄝ7）」可音轉lō（ㄌㄛ7），這和「類lē（ㄌㄝ7）」音轉lō（ㄌㄛ7）的情形一樣【如糖類、孝類、鹼類、海類、彼類、下類的「類」都讀lō（ㄌㄛ7），見0428篇】。

0642　燒酒【觴酒】

　　說到酒，大家往往會在「酒」上方加個「燒」字，稱為燒酒 sio-tsiú（ㄒㄧㄛ1-ㄐㄧ一ㄨ2），酒沒有溫過，不可能是「燒【溫熱】」的，但摸起來冰冰涼涼的酒只要一下肚，總教人渾身發熱發燙，還真是不折不扣的「燒酒」。

　　白居易詩：「燒酒初開琥珀光」，蘇東坡亦有言：「唐時酒有名燒春者，當即燒酒也」，唐國史補下：「酒則有郢州之富水，劍南之燒春」，韋莊詞：「錦江春水，蜀女燒春美」，「春」乃古時酒的別名，可見燒酒之說由來已久。本草燒酒：「時珍曰：燒酒非古法也，自元時始創其法，用濃酒【指混濁之酒，「濃」讀lô（ㄌㄛ5）】和糟入甑，蒸令氣上，用器承取滴露……」，似乎燒酒亦指製酒的一種方法。

　　喝酒一般少不了杯子，將酒斟於杯中，細品慢酌也好，狂吞猛灌也罷，配上豆肉簞食，誠然快事，這就是大家說的「呷觴酒」。禮記坊記：「觴酒豆肉，讓而受惡，民猶犯齒」，國語吳語：「觴酒豆肉簞食，未嘗不分也」，觴酒，即置於杯中之酒，即酒，集韻：「觴，式羊切，音商siong（ㄒㄧㄛㄥ1）」，亦音轉sio（ㄒㄧㄛ1）。

0643　小管【鰍管】

　　臺灣四周環海，海鮮豐盛，城鎮鄉村間海產市招舉目皆是，嗜好海味之饕客更是時有所聞。而在海鮮盛宴或小酌場合，管魷三劍客似乎是必備之盤中佳饌，所謂「管魷三劍客」指的就是花枝、中管、小管，花枝乃墨賊，中管俗稱透抽，但奇怪的是，以「小」字稱呼的小管，體型卻要比中管來得大。

　　「小管sió-kńg（ㄒㄧㄛ2-ㄍㄥ2）」，俗亦作「小卷」，在餐廳菜單上時常看到，屬記音寫法，義不足取，其實應寫做「鰍管」，按水族動物管魷目屬頭足綱，其下有武裝魷科、鰍管科、魷科、爪魷科、飛魷科，集韻：「鰍，損果切，音鎖só（ㄙㄛ2）」，口語音轉sió（ㄒㄧㄛ2），因此被訛作「小sió（ㄒㄧㄛ2）」，「鰍管」被訛作「小管」，甚至後來衍生出「中管」來。

　　同樣的狀況也出現在傳統樂器上，傳統樂器有名喚「嗩吶」者，「嗩só（ㄙㄛ2）」因口語音轉sió（ㄒㄧㄛ2），也被訛寫為「小」，「嗩吶」便被訛作「小吹」，其實「嗩吹」才是正寫。

0644 軟苕苕【軟徐徐、軟垂垂】

　　北京話「軟綿綿」，河洛話作「軟苕苕nńg-siô-siô（ㄋㄥ2-ㄒㄧㄛ5-ㄒㄧㄛ5）」。

　　集韻：「苕，時饒切」，讀siâu（ㄒㄧㄠ5），因韻部iau（ㄧ
ㄠ）可轉io（ㄧㄛ），如小、照、橋、叫……，「苕」亦讀siô
（ㄒㄧㄛ5）。文選張衡西京賦：「干雲霧而上達，狀亭亭以苕
苕」，注：「亭亭苕苕，高貌也」，文選江淹雜體詩：「苕苕寄
意勝」，注：「苕苕，遠也」，「苕苕」作高貌、遠貌，不作柔
軟貌，將軟綿綿寫做「軟苕苕」，音雖合，義卻不合。

　　作「軟徐徐」應較佳，中文大辭典：「徐，舒也」，寬緩
鬆弛也，「軟徐徐」即「軟舒舒」，狀軟而鬆弛貌，惟「舒」讀
一調，調不合。不過集韻：「徐，祥余切」，讀sû（ㄙㄨ5）、
sî（ㄒㄧ5），作姓氏時讀tshî（ㄑㄧ5），作緩行義時讀sô（ㄙㄛ
5），音轉siô（ㄒㄧㄛ5），僅多一個i（ㄧ）音。

　　亦可作「軟垂垂」，狀柔軟下垂貌，「垂suê（ㄙㄨㄝ5）」
口語可轉sô（ㄙㄛ5），如台南小吃「鼎邊垂」即讀此音，轉siô
（ㄒㄧㄛ5），僅多一個i（ㄧ）音。

0645　套俗【靠熟】

　　人彼此間相處久了，熟了，一些表面應酬和世俗禮節往往愈來愈少，簡言之，就不再那麼客套，也不再那麼俗套，這「不再客套」、「不再俗套」的應對模式，河洛話稱khò-siók（ㄎㄜ3-ㄒㄧㄛㄍ8），俗多作「靠俗」，按，靠，依靠也，「靠俗」變成依止於世俗，以世俗為依歸，與「不再俗套」剛好相反。

　　亦有作「套俗」，為「俗套」之倒語，義與「俗套」同，即套於世俗，亦以世俗為依歸，與「不再俗套」亦相反。

　　「靠俗」、「套俗」其實宜作「靠熟」，靠，憑靠也，熟，熟悉也，「靠熟」即憑靠彼此之熟悉關係，因有此熟絡關係可供憑靠，故不再客套，不再俗套。

　　「熟」俗白讀sik（ㄒㄧㄍ8），如煮熟、成熟，然集韻：「熟，神六切」，文讀siók（ㄒㄧㄛㄍ8），靠熟的「熟」即讀此音，與口語音完全一樣。

　　話說回來，人際往來維持一定的禮節是必要的，不要太過「靠熟」，否則有時難免會出事。

0646

吸像【吸相】

「相」可讀siōng（ㄒㄧㄛㄥ7）的音嗎？各家看法似乎不很一致，臺灣漢語辭典【許成章】、廈門音新字典【甘為霖】、台灣話大辭典【陳修】、國台雙語辭典【楊青矗】等，「相」字不收siōng（ㄒㄧㄛㄥ7）的音，不過字源【吳國安】、簡明台語字典【林央敏】卻收siōng（ㄒㄧㄛㄥ7）的音。

吳典舉「互相」、「相愛」二例，都是錯例，以上「相」都應讀一調。

林典註記「相＝像【象】」，意指「相」同「像【象】」時讀七調，可謂明察。

其實「相」不讀七調，只因說文通訓定聲：「相，假借為像」，便把「像」的七調音也借過來，難怪教育部把「照相」的河洛話「翕相【即吸相】」的「相」讀做七調。

「相」本義察視，即看，如相士；亦指姿態容貌形體，如面相；與拍照有關的相片、相才、相紙、相機、相框，以及吸相，以上「相」都讀三調，吸像的「像」才讀七調。為避免混淆，應取消「吸像」一詞，「像」雖通「相」，但口語沒有像片、像才、像紙、像機、像框等詞，「吸像」的說法便顯得突兀了。

【見0097篇】

0647　後娶、後取【後受】

　　古以琴瑟喻夫妻，喪妻曰斷弦【絃】，再娶曰續弦【絃】，今男子再娶亦稱續弦【或因喪妻，或因離異】，河洛話稱男子再娶之妻為āu-siū（ㄠ7-ㄒㄧㄨ7），臺灣漢語辭典作「後娶」、「後取」，說文：「娶，取婦也」，易咸：「取女吉」，釋文：「取，本作娶」，故「後娶」、「後取」皆謂後來所娶，即再娶之妻，惟廣韻：「娶，七句切，音趣tshù（ㄘㄨ3）」，口語訓讀tshuā（ㄘㄨㄚ7），如嫁娶；集韻：「取，此主切」，讀tshú（ㄘㄨ2），如探囊取物；再娶之妻寫做「後娶」、「後取」，義合，音不合。

　　āu-siū（ㄠ7-ㄒㄧㄨ7）宜作「後受」，按，受，即取，即娶，中文大辭典：「受，取也」，左傳桓公六年：「今以君命奔齊之急，而受室以歸，是以師昏也」，元好問續夷堅志天賜夫人：「梁生未受室，神物乃從揚州送一妻至」，方苞武季子哀辭：「次子某年二十有一，將受室而卒也」，梁啟超禁早婚議：「今早婚者……，一但受室，不及數年，兒女成行……」，受室，娶妻也，受即娶，室即妻，可見「後受」即後娶，即再娶之妻，「受」音siū（ㄒㄧㄨ7），音義皆合。

0648　甚大【傷大】

　　在「太」字的後面加狀詞，如太大、太小、太強、太長、太短……，河洛話說傷大、傷小、傷強、傷長、傷短……，可乎？

　　潛夫論：「嬰兒常病，傷飽也。貴人常禍，傷寵也」，杜甫曲江詩：「莫厭傷多酒入唇」，李商隱俳諧詩：「柳訝眉傷淺，桃猜粉太輕」，司馬光與王樂道書：「飲食不惟禁止生冷，亦不可傷飽，亦不可傷飢……」，以上「傷」白讀sioⁿ（ㄒㄧㄛ1鼻音）或siuⁿ（ㄒㄧㄨ1鼻音），作太、過度義。

　　「傷」本音siong（ㄒㄧㄛㄥ1），作創傷、傷害、悲苦義，以「傷重」為例，文讀siong-tiōng（ㄒㄧㄛㄥ1-ㄉㄧㄛㄥ7），傷勢嚴重也；白讀sioⁿ-tāng（ㄒㄧㄛ1鼻音-ㄉㄤ7），太重也，異讀而得異義。

　　臺灣漢語辭典作「甚」，齊己野鴨詩：「長生緣甚瘦，近死為傷肥」，詩中「甚瘦」與「傷肥」詞義互對，平仄亦互對，「甚」應屬仄聲字，事實上「甚」音sīm（ㄒㄧㄇ7）、sím（ㄒㄧㄇ2），是仄聲字，亦作太、過度義，義合，但調不合。

0649　　想杯【上貝】

　　庶物崇拜的古代乃至科技發達的現代，「卜」皆為盛行之事，「卜」則有兆，有兆則可判吉凶，舉凡如卜日、卜宅、卜名、卜妻、卜問，乃至今日常見的卜卦、卜貝、卜金錢卦、卜米卦、卜明牌等，以上「卜」口語皆可讀puàh（ㄅㄨㄚㄏ8）。

　　「卜珓【或作卜筊】」即河洛話說的puàh-pue（ㄅㄨㄚㄏ8-ㄅㄨㄝ1），中文大辭典：「卜珓，占卜之一種，以狀如杯之物，擲之以卜吉凶」，俗多作「卜杯」，然「杯【亦作桮】」為酒盅、盛飲食之器、量詞、杯中物，與「珓」不同，所謂「以狀如杯之物，擲之以卜吉凶」，句中「杯pue（ㄅㄨㄝ1）」其實是「貝pue（ㄅㄨㄝ1）」之誤。珓，一面平坦，一面弧起，狀似貝殼，竹製曰筊，玉製曰珓，河洛話稱「貝」。

　　卜貝結果有三，兩貝皆俯覆者稱「陰貝」、「闔貝」【或作蓋貝】，兩貝皆仰峭者稱「峭貝」，俗訛為「笑杯」，一仰一俯者稱「上貝」，俗訛為「想杯siūⁿ-pue（ㄒㄧㄨ7鼻音-ㄅㄨㄝ1）」。「上貝」指上上之貝象，「上」音siōng（ㄒㄧㄛㄥ7），音轉siōⁿ（ㄒㄧㄛ7鼻音）、siūⁿ（ㄒㄧㄨ7鼻音），俗訛作「想」。

0650 　　　　勝貝、聖貝【上貝】

　　演繁露:「後世問卜於神,有器名杯珓者,以兩蚌殼投空擲地,觀其俯仰,以斷休咎,後人或以竹,或以木,斲削使之蛤形為之」,按蚌也好,蛤也罷,皆為貝類,「杯珓」實為「貝珓」之誤,雖韻書注「貝」去聲七調,口語可讀一調,如大貝湖的「貝」口語讀如「陂pi(ㄅㄧ1)」,囂貝【招搖炫耀的模樣】的「貝」讀做pai(ㄅㄞ1),卜貝的「貝」口語讀pue(ㄅㄨㆤ1)。

　　正字通:「珓本於易,易四象珓圖,太陽今謂之陽珓,俱仰;太陰今謂之陰珓,俱俯;少陽少陰今俱為勝珓,一俯一仰」;又,石林燕語:「高辛廟有竹栝筊,以一俯一仰為聖筊」;可知擲貝珓而得一俯一仰,稱勝珓,亦稱聖筊,「勝珓」與「聖筊」其實一樣,而「勝貝」、「聖貝」的河洛話讀做sìng-pue(ㄒㄧㄥ3-ㄅㄨㆤ1),與貝珓一俯一仰稱為siūⁿ-pue(ㄒㄧㄨ7鼻音-ㄅㄨㆤ1),音近,但調不同。

　　siūⁿ-pue(ㄒㄧㄨ7鼻音-ㄅㄨㆤ1)宜作「上貝」,謂上上之貝象也,「上」口語讀tsiūⁿ(ㄐㄧㄨ7鼻音),如上臺、上北【即北京話「北上」】,可轉siūⁿ(ㄒㄧㄨ7鼻音)。

0651 受氣【上氣、尚氣】

　　河洛話說發火、生氣為siūⁿ-khì（ㄒㄧㄨ7鼻音-ㄎㄧ3），俗多作「受氣」，以為生氣是出自受別人的氣，可是古來無此用例，陶潛感士不遇賦：「咨大塊之受氣，何斯人之獨靈」，孟郊詩：「爭芳無由緣，受氣如鬱紆」，受氣，稟受自然之氣也；水滸傳第卅四回：「何不聽我言語……，免受那文官的氣」，二十年目睹之怪現狀第六十九回：「這位媳婦受氣不過，便回娘家去住幾天」，受氣，遭受欺壓也。

　　siūⁿ-khì（ㄒㄧㄨ7鼻音-ㄎㄧ3）宜作「上氣」，金瓶梅詞話第六九回：「此一定是西門官府和三官兒上氣」，無名氏王蘭卿第二折：「我在青州時，專一奉公守法，不敢半星兒負了朝廷委任，爭奈與人上氣，便是於世難合」，「上氣」即上火氣，即生氣，「上」白讀tsiūⁿ（ㄐㄧㄨ7鼻音）【如上臺、上北】，音轉siūⁿ（ㄒㄧㄨ7鼻音）。

　　亦可作「尚氣」，金瓶梅詞話第十八回：「自是以後，西門慶與月娘尚氣，彼此覷面都不說話」，西遊記第七十六回：「賢弟這話，卻又像尚氣的了，你不送，我兩個送去罷」，「尚氣」即生氣，和尚的「尚」口語即讀siūⁿ（ㄒㄧㄨ7鼻音）。

0652 牪相【生肖】

「生肖seⁿ-siùⁿ（ㄙㄝ1鼻音-ㄒㄧㄨ3鼻音）」指代表十二地支的十二種動物，即鼠、牛、虎、兔、龍、蛇、馬、羊、猴、雞、狗、豬，常用以記人的出生年，此風至晚在漢代即已形成。

元人劉因、明人胡儼，乃至沈炯、黃山谷，皆曾寫過十二辰詩，十二辰即指十二生肖，而瑯琊代醉編有「生肖」條，東周列國志七十四回：「蛇門者，以在巳方，生肖屬蛇」，清東軒主人述異記十二時爐：「蓋上有十二生肖，口俱張開，焚香則每一時煙從一肖口出」，清俞樾茶香室叢鈔：「慶都十四月而生堯，延余作湯餅會，余贈以生肖錢云云」。

雖然這樣，還是有人將「生肖」硬寫做「牪相」，這作法與將「後生」硬寫做「孝生」，將「鳥鼠」硬寫做「貓取」差不多，看似成理，其實並不可行。

「牪相」意指牲畜之相，相，讀三調時，長相也，品相也，看也，皆與肖屬無涉，一個人生肖肖豬，若寫做「他的牪相相豬」，恐怕會鬧笑話。

用話哂、用話損

0653 【用話訕、用話栓、用話酸】

　　用言語譏刺，河洛話稱sng（ㄙㄥ1），有作「訕」，如「他訕你無讀冊」，說文：「訕，謗也」，不過有輕重之分，重者即毀謗，如論語陽貨：「惡居下流而訕上者」，荀子大略：「有諫而無訕」；輕者為譏笑，如唐書韓愈傳贊：「愈獨喟然引聖，爭四海之惑，雖蒙訕笑，跲而復奮」。集韻：「訕，師閒切，音山san（ㄙㄢ1）」，口語可音轉sng（ㄙㄥ1）。

　　有作「哂」，哂，嘲笑也，惟「哂」讀sún（ㄙㄨㄣ2），不讀一調，調不合。

　　有作「損」，損，貶抑也，義合，與「哂」一樣，讀二調，不讀一調，調不合。

　　可作「栓」，「栓」作名詞時指木釘或瓶塞，作動詞時為穿貫、塞擠，所謂「譏刺」乃以「言語刺人」，如「木栓栓物」，後「栓」字即借作動詞，則前述作「他栓你無讀冊」亦通，韻會：「栓，俗讀如酸sng（ㄙㄥ1）」。

　　亦可作「酸」，屬現代用法，如北京話「我被他酸了一下」，即以酸言酸語挖苦，前述作「他酸你無讀冊」，亦通。

0654　損短、損長、生疃、損斷【損蕩】

　　河洛話說「損壞」為sńg-tńg（ㄙㄥ2-ㄉㄥ7），各家主張頗見紛歧，其中有作「損短」，亦有作「損長」，誠然有趣，一短一長，指陳竟然相同。

　　「損短」謂損之使短，「損長」謂損毀其長，果然意思一樣，也自富理趣，且讀音亦近，惟損壞並不限於長短，以「長」、「短」囿之，不甚妥當，「短tuán（ㄉㄨㄢ2）」、「長tńg（ㄉㄥ5）」皆不讀七調，與口語不符。

　　有作「生疃」，說文：「疃，禽獸所踐處也」，生通牲，「生疃」即牲畜踐踏踩躪之破壞行為，義合，但「生」讀一調，不讀二調，調有出入。

　　有作「損斷」，謂損之使斷，亦有理，惟河洛話sńg-tńg（ㄙㄥ2-ㄉㄥ7）運用甚廣，如欺凌婦女亦屬之，則作「損斷」失當。

　　sńg-tńg（ㄙㄥ2-ㄉㄥ7）宜作「損蕩」，韓愈寒食日出遊詩：「自然憂氣損天和」，損，傷害。國語周語下：「幽王蕩以為魁陵糞土溝瀆」，蕩，壞也，損蕩即損壞，雖非成詞，然詞構與掃蕩、耗蕩、殲蕩同，可用。

0655 夋夋叫【迅迅叫】

　　康熙字典：「夋，子峻切，音俊tsùn（卩ㄨㄣ3）」，可音轉sùn（ムㄨㄣ3）、sǹg（ムㄥ3），含聲根「夋」的「酸」、「痠」亦音轉sng（ムㄥ）音，即可見一斑。

　　河洛話說速度甚快為sǹg-sǹg-kiò（ムㄥ3-ムㄥ3-ㄍ一ㄛ3），即有作「夋夋叫」，說文：「夋，行夋夋也，从夂允聲」，繫傳：「夋夋，舒遲也，故从夂」，按說文：「夂，行遲曳夂夂也，象人兩脛有所躧也」，集韻：「躧，徐行也」，可見「夋夋」乃行進速度舒遲，與速度甚快剛好相反，sǹg-sǹg-kiò（ムㄥ3-ムㄥ3-ㄍ一ㄛ3）實不宜作「夋夋叫」。

　　sǹg-sǹg-kiò（ムㄥ3-ムㄥ3-ㄍ一ㄛ3）宜作「迅迅叫」，釋文：「迅，疾也」，如迅足、迅風、迅雨、迅馬、迅雷……，「迅」作快速義，廣韻：「迅，私閏切，音浚」，讀sùn（ムㄨㄣ3），可音轉sǹg（ムㄥ3），范成大採蓮詩：「溪頭風迅怯單衣，兩槳凌波去似飛」，「風迅」即風勢急速，河洛話寫做「風迅迅叫」。

　　列子皇帝釋文：「迅，一本作速」，不過「速」為入聲字，作「速速叫」調不合。

0656　躡手躡腳【抄腳捏手】

　　北京話「躡手躡腳」、「捏手捏腳」，河洛話說so-kha-liap-tshiú（ㄙㄜ1-ㄎㄚ1-ㄌㄧㄚㄅ4-ㄑㄧㄨ2），俗有作「縮腳捏手」，其欠當處有二，其一，「縮」為入聲字，讀sok（ㄙㄜㄍ4），不讀so（ㄙㄜ1），調不合；其二，語詞重點不在動作實態的敘述，亦即不在縮或捏，而在呈現走路或動作時「輕手輕腳」的現象，「縮腳」是將腳縮回來，無法表現「輕手輕腳」的感覺。

　　「縮腳捏手」宜作「抄腳捏手」，「抄」音so（ㄙㄜ1），「抄捏」互為動詞對仗，二者皆屬輕細動作，藉以喻手腳動作之輕微。

　　一切經音義卷十八：「若使別人握搦身體，或摩或捏，即名按摩也」，正字通：「捒，同摩」，清稗類鈔譏諷：「隨園大門外有石碣……咸捒抄憑弔久之」，可見摩、捏、捒、抄，皆為手部之輕微動作，「抄腳捏手」意謂手腳動作輕微，或指走路輕慢而小心，或指動作輕慢而小心，如「他抄腳捏手行入房間」、「趁大家攏去睏矣，他抄腳捏手撥電話予女朋友」。

燥心【索心】

　　易說卦：「燥萬物者，莫熯乎火」，「燥」即乾，屬於缺水的一種狀態，集韻：「燥，先到切，音噪sò（厶ㄛ3）」。

　　一個人因欣羨而產生索求心理的現象，河洛話稱為sò-sim（厶ㄛ3-ㄒㄧㄇ1），俗作「燥心」，以「燥」表示乾燥缺水，引申有所「渴求」，不管「心燥」，還是「燥心」，「燥」都指乾燥，都可進而引申作索求義，可惜「渴」不讀sò（厶ㄛ3），否則作「渴心」最佳，因為「渴心」是個成詞，黃庭堅蘇李畫枯木道士：「去國期年，見似之者而喜矣，況余塵土之渴心」，渴心即急切期望的心。

　　sò（厶ㄛ3）既是一種索求心理，即可作「索」，sò-sim（厶ㄛ3-ㄒㄧㄇ1）可作「索心」，指有所索求的心。

　　集韻：「索，蘇故切，音素sò（厶ㄛ3）」，可轉sò（厶ㄛ3），廣韻：「索，盡也」，小爾雅廣言：「索，空也」，又曰：「索，求也」，因竭盡、空無，而思索求也，正是河洛話說的sò（厶ㄛ3）。

0658　趑【徐】

　　走走停停，或走走坐坐，河洛話稱「趑sô（ㄙㄜ5）」，意思是緩行，如果是無目的到處亂走，則稱「亂亂趑luā-luā-sô（ㄌㄨㄚ7-ㄌㄨㄚ7-ㄙㄜ5）」【「亂」音luān（ㄌㄨㄢ7），在此說成luā（ㄌㄨㄚ7）】，俗訛作「賴賴趑」。

　　說文：「趑，走意，從走坐聲」，其實「趑」可看作从走坐，坐亦聲，屬會意兼形聲，意思是走走坐坐，亦即徐行，歐陽炯南鄉子詞：「鋪葵席，荳蔻花間趑晚日」，儒林外史第廿六回：「看著太太兩隻腳足足裹了有三頓飯時纔裹完了，又慢慢梳頭、洗臉、穿衣服，直弄到日頭趑西纔清白」，「趑」即緩行，不過廣韻：「趑，蘇禾切，音莎so（ㄙㄜ1）」，不讀五調，調不合。

　　sô（ㄙㄜ5）應寫做「徐」。徐，緩也，安行也，薛能折楊柳詩：「樓邊輕暖好風徐」，張居正奉諭整肅朝儀書：「進退行走，舒徐搖擺」，徐即緩行，正韻：「徐，祥於切，音序sû（ㄙㄨ5）」，如徐徐仔來；亦讀tshî（ㄑㄧ5），如徐先生；口語音轉sô（ㄙㄜ5），如亂亂徐、四界徐、慢徐徐。

0659 黑索索【烏皁皁】

　　河洛話「o˙（こ1）」，有時指顏色黑，寫做「烏」，有時指不乾淨，寫做「汙」。因此河洛話「o˙-sô-sô（こ1-ムさ5-ムさ5）」也有兩個意思，一個是顏色很黑很黑，一個是很髒很髒。

　　sô-sô（ムさ5-ムさ5）可作「皁皁」，廣雅釋器、集韻：「皁，黑色」，廣韻：「皁，亦黑繒」，其他如皁布、皁巾、皁皮、皁衣、皁紗、皁褲、皁白……，「皁」都作黑解。

　　說文段注：「草斗之字，俗作皁」，可見皁是草的俗字，讀如草tshó（ちさ2），廣韻：「皁，昨早切，音造tsō（アさ7）」，不過廣雅疏證：「方言，櫪，梁宋齊楚北燕之閒，或謂之皁，郭璞云：養馬器也。史記鄒陽傳集解引漢書音義云：皁，食牛馬器，以木作如槽，槽與皁聲相近，今人言馬槽是也」，莊子馬蹄釋文：「皁，槽也」，可見「皁」亦讀如槽tsô（アさ5），口語音轉sô（ムさ5）。

　　o˙-sô-sô（こ1-ムさ5-ムさ5）不是俗作的「黑索索」，宜作「烏皁皁」、「汙皁皁」。

0660　鼎邊趖【鼎邊垂】

　　臺南府城有一種特有的地方小吃，叫做「鼎邊趖tiáⁿ-piⁿ-sô（ㄅㄧㄚ7鼻音-ㄅㄧㄚ1鼻音-ㄙㄛ5）」，這「趖」字用意何在？

　　按「鼎邊趖」本為福州小吃，製作時，鼎裡放一些水，將米漿沿鼎邊滾一圈，米漿會順著鼎器內緣垂流而下，一邊烘一邊蒸，可乾食、炒食或湯食，常佐配蝦仁羹、肉羹、金針、香菇、魷魚、小魚乾、竹筍等，因製作時，米漿沿鼎邊垂流而下，好象蠕動的小動物慢慢的往下「sô（ㄙㄛ5）」，故以「趖」名之，食品取名「鼎邊趖」【不過廣韻：「趖，蘇禾切，音莎so（ㄙㄛ1）」，不讀五調，調不合】。

　　說文：「趖，走意，从走坐聲」，其實也是从走坐會意，坐亦聲，屬會意兼形聲字，字从走坐會意，作邊走邊坐義，有走走停停，悠閒慢行的意味，引申作徐行義，不過「趖」的方向東西南北上下左右皆可，無定向，鼎邊趖的米漿爬行方向一定向下，較接近河洛話說的「垂suê（ㄙㄨㄝ5）」或「垂suē（ㄙㄨㄝ7）」【即垂涎三尺的「垂」】，「垂suê（ㄙㄨㄝ5）」則可音轉sô（ㄙㄛ5），寫做「鼎邊垂」似更佳。

0661 一軀衫【一襲衫】

「身軀」二字河洛話讀做sin-khu（ㄒㄧㄣl-ㄎㄨl），因方言差關係，亦有說成sing-khu（ㄒㄧㄥl-ㄎㄨl）、hing-khu（ㄏㄧㄥl-ㄎㄨl），宜蘭至金山一帶則說hun-su（ㄏㄨㄣl-ㄙㄨl），因「軀」字有讀成su（ㄙㄨl）的實例，河洛話說「一件衣服」為tsit-su-sann（ㄐㄧㄅ8-ㄙㄨl-ㄙㄚl鼻音），俗便作「一軀衫」。

按「軀」字確實可作量詞，卻非屬衣衫服飾類量詞，「軀」屬身部字，作量詞，與身體軀幹有關，如「他一軀人來臺北」、「他身體一軀若大杉」，這時「一軀」的「軀」讀如區khoo（ㄎㄛl），不讀khu（ㄎㄨl），也不讀su（ㄙㄨl）。

衣飾類量詞有「領niá（ㄋㄧㄚ2）」，如一領衫；有「條tiâu（ㄉㄧㄠ5）」，如一條褲；有「套thò（ㄊㄛ3）」，如一套洋裝；有「襲su（ㄙㄨl）」，如一襲衫。

集韻：「襲，席入切，音習sip（ㄒㄧㄅ8）」，本指左衽袍，釋名釋喪制：「衣尸曰襲」，「襲」遂以「尸si（ㄒㄧl）」為口語音，讀su（ㄙㄨl），作量詞用，漢書昭帝紀：「賜衣被一襲」，一襲即一稱，即衣之上著下著一套。

0662 袂輸【未殊】

北京話「好像」，河洛話有一特別說法，說成bē-su（ㄅ'ㄝ ˊ-ㄙㄨˊ）」，俗多作「袂輸」，意思是不會比較差，例如「風景袂輸畫的」，即風景不會比畫的差，換言之，風景美的如畫的一般，也就是風景「如」畫，因此，「袂輸」便等同「好像」、「有如」，說來似乎有理。

但若換個例句，問題便產生了，例如「袂輸僅單他會」、或「袂輸他上巧」，意思是「好像只有他會」、「好像他最聰明」，「袂輸」用法明顯不通。

「袂」是個標準借音字，本作衣袖解，在此借作不會、沒有的意思，其實宜改作「未」，「輸」是比較詞，與「贏」反，「未輸」變成「勝過」，這也不對，所謂「好像」雖是比較詞，但無輸贏問題。

「袂輸」、「未輸」應該寫做「未殊」，「未」即沒有，「殊」即不同、特異，「未殊」即沒有任何不同、沒有任何特異，簡言之，即相同、如常，亦即「好像」，前述諸句作「風景未殊畫的」、「未殊僅單他會」、「未殊他上巧」，寫法皆適宜。

0663 不死鬼【不羞愧、不羞鬼】

　　河洛話稱好色男子時，有時稱「色情狂」，稱「色狼」，還有一特殊稱呼，叫做「不死鬼put-sú-kuí（ㄅㄨㄅ4-ㄙㄨ2-ㄍㄨㄧ2）」。

　　若好色男皆為「不死鬼」，那可就大大不妙，天下恐怕要大亂，女性同胞恐怕都得過著膽戰心驚的日子，試想：好色男子永遠不死，那多可怕！

　　put-sú-kuí（ㄅㄨㄅ4-ㄙㄨ2-ㄍㄨㄧ2）寫做「不死鬼」是不妥的，應該寫做「不羞愧」或「不羞鬼」，「不羞愧」或「不羞鬼」對好色男子是一種斥責【其實亦適用於好色女子】，指其心中不知羞愧，令人不齒，或譏其如同無羞恥心之鬼物。

　　「羞」字有多種讀音，其中稱人內向害羞，畏避生人，即曰「避羞pih-sù（ㄅㄧㄏ4-ㄙㄨ3）」，「羞」讀sù（ㄙㄨ3），不羞愧或不羞鬼的「羞」應讀三調，而非俗口語所讀的二調。

　　「愧」雖屬形聲字，從忄鬼kuí（ㄍㄨㄧ2）聲，俗都讀khui（ㄎㄨㄧ3），三調，非二調，故作「不羞鬼」要比「不羞愧」佳。

0664　速配、適配、四配【素配】

　　河洛話說相配為sù-phuè（ㄙㄨ3-ㄆㄨㄝ3），俗寫法有四。

　　其一，速配，速sok（ㄙㄛㄍ4），疾、急也，如快速、速決，不過俗有說快速為「速速叫」，以為「速」讀sù（ㄙㄨ3），「速配」即快速配對，但義不可行。

　　其二，適配，詩經鄭風：「邂逅相遇，適我願兮」，適，合也，故「適配」即合配、相配，義合，但韻書多注「適」入聲，僅中華大字典注「施智切」，讀sì（ㄒㄧ3），可轉sù（ㄙㄨ3），但作僅、啻義。

　　其三，四配，成詞也，一指舊時用以配祀孔廟之顏淵、子思、曾參、孟軻四人，一指以孔子為酒聖，配祀阮籍、陶潛、王績、邵雍四人。故「四配」音雖合，義卻不可行。

　　其四，素配，史記陳涉世家：「吳廣素愛人，士卒多為用者」，顏氏家訓：「吾家風教，素為整密」，素，作向來、本來義，「素配」即本來就相配，義合。「素sòʼ（ㄙㄛ3）」口語亦讀sù（ㄙㄨ3），如素馨花、素常。

0665　續落去【紲落去】

　　「接下去」的河洛話說suà-loh-khì（ㄙㄨㄚ3-ㄌㄛ˙ㄏ4-ㄎㄧ3），俗多作「續落去」，說文：「續，連也」，則「續落去」即連接下去，義可行，惟廣韻：「續，似足切，音俗siȯk（ㄒㄧㄛㄍ8）」，讀入聲八調，另集韻：「續，辭屢切，音緒sū（ㄙㄨ7）」，讀去聲七調，與口語音調不合，俗因不知suà（ㄙㄨㄚ3）應寫何字，遂將「續」訓讀suà（ㄙㄨㄚ3），屬權宜變通的作法。

　　俗亦有將suà（ㄙㄨㄚ3）寫做「紲」，方言十：「紲，緒也」，按「緒」可作次第義，莊子山木：「食不敢先嘗，必取其緒」，釋文：「緒，次緒」，故「順便」的河洛話俗作「順紲」【見0666篇】；但「緒」亦可作順義，阮瑀為曹公作書與孫權書：「緒信所嬖」，注：「銑曰：緒，順也」，則「紲落去」即順下去，即接下去；「相紲」即互為順向，即相接；「有紲」即有順，即有所接續；「連紲」即連順，即連接不斷；「紲手」即順手；「紲喙【嘴】」即順口，即一口接一口；以上「紲」口語音皆讀做suà（ㄙㄨㄚ3）【「紲siat（ㄒㄧㄚㄉ4）」，口語讀如世sè（ㄙㄝ3），再轉suà（ㄙㄨㄚ3）】。

189

0666 順續【順紲、順勢】

　　北京話「順便」，河洛話說sūn-suà（ㄙㄨㄣ7-ㄙㄨㄚ3），俗有作「順續」，按「順續」有「沿順連續」義，與「順便」義通，但「續」讀入聲，不讀去聲，雖集韻注：「續，辭屢切，音緒sū（ㄙㄨ7）」，亦不讀三調，調不合。

　　俗亦有作「順紲」，廣韻：「紲，私列切，音泄siat（ㄒㄧㄚㄅ4）」，然「紲」从糸世聲，口語可讀如世sè（ㄙㄝ3），進而音轉suà（ㄙㄨㄚ3），方言十：「紲，緒也」，則順紲即順著次第，與「順便」義通。

　　亦可作「順勢」，簡明平易，通俗親切，似乎最佳，如「我去臺北看阿舅，順勢去看展覽」，「順勢」義與「順便」同，「勢sè（ㄙㄝ3）」可音轉suà（ㄙㄨㄚ3），屬韻部e（ㄝ）與ua（ㄨㄚ）通轉的例子，此類例證頗多，如玉「佩」與「佩」鍊，員「外」與「外」面，「戴」先生與「戴」眼鏡，「掛」墓紙與「掛」鉤，「瓜」子與「瓜」葛，蓮「花」與「花」蓮，瓦「破」【「破」讀phuè（ㄆㄨㄝ3），「瓦破」即瓦之破片，俗訛作「瓦片」，非也】與「破」裘。

0667 【孿落去、絤落去、線落去】
續落去

　　臺灣漢語辭典：「接下去或將斷處加以接合曰suà（ㄙㄨㄚ3），相當於抻、孿、續、綻、縍、嗟、紹、輟、綴、纂、纘、屬、屬」，俗亦有作「絤」【見0665、0666篇】。

　　以上十四字皆可作連續解，義皆可取，但讀音紛綸多樣，若以調值先做篩汰，去除非去聲三調字，則僅餘抻tshìn（ㄑㄧㄣ3）、孿suàn（ㄙㄨㄢ3）、綻sù（ㄙㄨ3）、嗟tsè（ㄗㄝ3）、輟tsè（ㄗㄝ3）、綴tsè（ㄗㄝ3）、屬tsù（ㄗㄨ3）、絤sè（ㄙㄝ3）【屬口語音】，共八字，其中與suà（ㄙㄨㄚ3）最近者為「孿」、「絤」，易中孚：「有孚孿如」，疏：「孿如者，相牽繫不絕之名也」，造詞如孿落去、相孿。方言十：「絤，緒也」，本作名詞，轉動詞作連續義，造詞如絤落去、相絤。

　　按「線suàⁿ（ㄙㄨㄚ3鼻音）」作名詞，縷也，指連續之絲束，具連接不絕義，典籍未見動詞用例，河洛話或將「線」動詞化，作連接、延續義，如線落去、相線，此與「針」、「袋」、「紐」【與「線」類近之物】被動詞化而有「針落去」、「袋落去」、「紐起來」的道理一樣【俗說「眼線」等同官銜眼睛之延續，借以發現賊蹤進而捕之，「線」即具延續義】。

0668 遂【煞】

連接詞「遂」可作「終於」義，表示事件終於發生，史記高祖本紀：「及高祖貴，遂不知老父處」；可作「竟然」義，表示事件出乎意料，顏氏家訓慕賢：「此人後生無比，遂不為世所稱，亦是奇事」；可作「就」義，表示後一事件緊接前一事件，史記貨殖列傳：「子孫脩業而息之，遂至鉅萬」；可作「所以」義，表示結果，陶潛桃花源記：「不復出焉，遂與外人間隔」；巧的是以上「遂」字若讀做suah（ㄙㄨㄚㄏ4），似乎都通，和河洛話口語完全相同，不過廣韻：「遂，徐醉切，音檖suī（ㄙㄨㄧ7）」，除非將「遂」字訓讀，否則不能讀做suah（ㄙㄨㄚㄏ4）。

suah（ㄙㄨㄚㄏ4）本作「煞」，中華大字典：「俗謂結束曰煞，如云收煞、煞尾」，因結束意指完成，表示行動停止，後來「煞」亦指完成、停止，如做煞矣、食煞矣，「煞」表示完成；如做未煞、咱的友情假茲煞，「煞」表示停止。因「遂」也作結束、完成、停止義，「煞」、「遂」因此產生通用現象，後來才有「遂suī（ㄙㄨㄧ7）」訓讀成suah（ㄙㄨㄚㄏ4）【或suà（ㄙㄨㄚ3），置前亦變二調】的現象發生。

起諞、起諑【起旋】

　　用言語斥責、罵罵，河洛話說suān（ㄙㄨㄢ7），一般寫「諞」、「諑」，集韻注「諞」、「諑」皆「翾縣切，音絢suān（ㄙㄨㄢ7）」，集韻：「諞【諑】，相責也」。

　　不過俗亦作「旋」，韓愈張中丞傳後序：「賊縛巡等數十人坐，但將戮，巡起旋」，中文大辭典注：「起旋，謂小溲也」，小溲即小便。

　　以上「旋」字註解大有問題。按張巡，唐南陽人，曉戰陣法，天寶中安祿山反，巡起兵討安祿山，不料賊將尹子琦合眾十萬來攻，巡固守數月，救兵不至，乃使南霽雲冒圍至臨淮告急，賀蘭進明忌巡聲威，不肯救，城遂陷，見執，大罵時被害。唐書和舊唐書都這樣寫。

　　前述「大罵時被害」的「大罵」即「巡起旋」的「起旋」，河洛話說khí-suān（ㄎㄧ2-ㄙㄨㄢ7），是罵罵，不是小便，再說就戮前起來小便，說法實在奇怪。

　　「旋」倒是真的可作小便義，左傳定公三年：「夷射姑旋焉」，杜預注：「旋，小便」，河洛話說「灑尿」為「旋尿」。

0670 租【稅】

　　秦是中國歷史一個極關鍵的朝代，因秦始皇焚書坑儒的緣故，知識傳承產生斷層，造成漢後解經的風潮，語文於焉大變，從此同義複詞強烈衝擊語文的運用。

　　長出口外的「牙」與長於口內的「齒」不分了，出於內在的「寒」與緣於外在的「冷」不分了，自外而入的「借」與由內而出的「貸」不分了，付出的「繳」與收入的「納」不分了，「租」與「稅」不分了。

　　史記馮唐傳：「軍士之租，皆自用饗士」，管子國蓄：「租籍者，所以彊求也」，「租」謂有所出也，要言之，即租出。

　　因話錄：「不若且稅居之為善也」，穀梁宣十五：「初稅畝者，非公之去公田而履畝十取一也」，「稅」謂有所入也，要言之，即稅入。

　　河洛話「租cho（ㄗㄛ1）」與「稅suè（ㄙㄨㄝ3）」不同，如「我的房間租你」、「你的房間稅我」，如「出租房屋的所得」稱「次租」，「稅入房屋之所付」為「次稅」，「租」與「稅」出入有別。不過今「租」、「稅」已告混用，難以分辨。

0671 吮奶【嗽奶、欶奶、嗾奶】

俗與吸吮動作有關的字很多，如吮、吸、噏、啐、欶、嗾、欶、嗽、呷、食等都是，奇妙的是，這些字大多讀入聲，好像事先說好似的。

這些字大抵可分五組，第一組「吮」，是唯一不讀入聲的，讀做sún（ㄙㄨㄣ2）；第二組「吸」、「噏」，它們互通，都讀hip（ㄏㄧㄅ4）、khip（ㄎㄧㄅ4）；第三組「啐」、「欶」，也互通，都讀做tsùt（ㄗㄨㄉ8）；第四組「嗾」、「欶」、「嗽」，也互通，都讀做sok（ㄙㄛㄍ4）；第五組「呷」、「食」，口語都讀tsiàh（ㄐㄧㄚㄏ8）。

河洛話說嬰兒吸奶為soh-ni（ㄙㄛㄏ4-ㄋㄧ1）【亦說suh-ni（ㄙㄨㄏ4-ㄋㄧ1）】，不能寫做「吮奶」，因為音與調皆不合，應寫做「嗾奶【或欶奶、嗾奶】」，韻部ok（ㄛㄍ）向來可轉oh（ㄛㄏ），如閣、擱、胳、莫、鶴、藥、鑰、落、絡、駱、樂、木、膜、粕、樸、朴、卓、桌、棹、作、昨……等皆是，「嗾sok（ㄙㄛㄍ4）【或欶、嗾】」可轉soh（ㄙㄛㄏ4），口語亦轉suh（ㄙㄨㄏ4）。

廣韻：「嗾，吮也」，中文大辭典：「嗾，吮啜也」，可知「嗾奶」即吸奶。

0672 水【秀、婿、俊】

　　「水tsuí（ㄗㄨㄧ2）」是名詞，如溪水、雨水，亦可作狀詞，如「藥膏看起來水水」；「水」亦讀suí（ㄙㄨㄧ2），如風水、薪水、流水，亦有說「漂亮」為「水suí（ㄙㄨㄧ2）」，如「新娘誠水」，不過此說欠妥。

　　表示「漂亮」的suí（ㄙㄨㄧ2），應作「婿」或「嬬」。說文通訓定聲：「按婿當為嬬字之或體，方言二：嬬，美也，南楚之外曰嬬，通俗文：形美曰嬬」，按「嬬」从女隨聲，口語可讀suí（ㄙㄨㄧ2）。

　　描述男子之美則不宜用女部「嬬」或「婿」，宜用「俊」，「俊tsùn（ㄗㄨㄣ3）」口語亦讀suí（ㄙㄨㄧ2），從含「夋」字根的「葰」、「朘」、「㞚」、「峻」等字都讀sui（ㄙㄨㄧ）音，即可見一斑。北京官話亦假借「帥suè（ㄙㄨㄝ3）」為「俊suí（ㄙㄨㄧ2）」。

　　河洛話大師陳冠學先生主張用「秀suí（ㄙㄨㄧ2）」字，運用範圍更廣，不管男女老幼、自然現象、風景事物，「秀」字皆可行。

隨來【旋來、隨而來】

0673

「隨來」一詞的詞義，除了「跟隨而來」，大概難有第二個解釋，北京話如此，河洛話亦如此。

河洛話說「馬上來」為suî-lâi（ㄙㄨㄧ5-ㄌㄞ5），俗有作「隨來」，寫法有待商榷，按，「隨」字義繁複，可作從、循、順、逐、聽任、屬觀、任、趾、卦名、尋、行、古地名、姓等義，獨不作馬上、立即義，將馬上來寫做「隨來」，雖音合，義卻不可行，應該寫做「旋來」才是正寫。

新序善謀：「使虞卿久用於趙，趙必霸；會虞卿以魏齊之事，棄侯捐相而歸，不用，趙旋亡」，夢溪筆談技藝：「有奇字素無備者，旋刻之。以草火燒，瞬息可成」，以上二例，「旋suan5（ㄙㄨㄢ5）」都音轉讀suî（ㄙㄨㄧ5），作立即、馬上解。

其實「旋suî（ㄙㄨㄧ5）」是「隨而suî5-jî（ㄙㄨㄧ5-ㄐ'ㄧ5）」二字的合讀音，作隨而、隨即義，司馬遷報任安書：「今舉事壹不當，而全軀保妻子之臣，『隨而』媒孽其短，僕誠私心痛之」，「隨而」即「旋」，相當現今的「跟著就」。

0674　必巡【㊟痕、㊟痕】

　　河洛歌曲有歌名為「必巡的孔嘴」,「必巡pit-sûn（ㄅ一ㄉ4-ㄙㄨㄣ5）」指器物裂而未離的狀態。

　　按「必」從八弋,八,分也,弋,橛也,會意作以橛定分界義,說文:「必,分極也」,段注:「極,猶準也……,立表為分判之準,故曰分極」,後來引申作確定義,將「必」作裂而未離義,與造字原義不符。

　　pit（ㄅ一ㄉ4）宜作「㊟」、「㊟」,方言六:「器破而未離,南楚之閒謂之㊟」,玉篇:「㊟,器破」,集韻:「㊟,㊟,或从皮」,廈門音新字典「pit（ㄅ一ㄉ4）」下收錄:「㊟【與㊟同】,如此皮開,㊟痕、手㊟」。

　　「必巡」宜作「㊟痕【或㊟痕】」,中文大辭典:「痕,跡也,凡物有跡者皆曰痕」,故「㊟痕」即裂痕,為日常生活中所常見,如牆壁、地面、器皿,甚至人的手、腳、臉等皮膚上都會出現,廣韻:「痕,戶恩切」,讀hûn（ㄏㄨㄣ5）,口語音轉sûn（ㄙㄨㄣ5）,如一條痕跡曰「一痕」。

0675 俗仔、卒仔、豎子【術仔】

　　「俗辣」是北京話受河洛話影響後所產生的北京話新詞彙，河洛話說的其實是sùt-á（ㄙㄨㄉ8-ㄚ2），俗多作「俗仔」，這是用來罵人的，嚴重的話，罵人奸詐多詭，人格卑劣，輕微的話，罵人狡猾多變，懦弱不敢面對問題。

　　從字面上看，「俗仔」僅在鄙稱「粗俗」的人，即所謂的「傖sông（ㄙㆦㄥ5）」，有異於奸詐多詭，狡猾多變。

　　俗亦作「卒仔」，「卒仔」僅在鄙稱「卑下者」，如供人使喚的兵卒類角色，雖這類人物有時會狗仗人勢欺人，卻非奸詐多詭的行徑，作「卒仔」，不妥。

　　寫做「豎子」呢？史記項羽紀：「唉，豎子不足以謀」，三國演義第七十回：「忠怒曰：「豎子欺我年老，吾手中寶刀卻不老」」，「豎子」在罵人愚弱無能，這些人則有異於奸詐多詭之徒，作「豎仔」，亦不妥。

　　sùt-á（ㄙㄨㄉ8-ㄚ2）宜作「術仔」，指如術士般要弄詭計以傷人利己者，「術士sùt-sū（ㄙㄨㄉ8-ㄙㄨ7）」為中性語詞，「術仔」則為消極貶義詞，是罵人的話。

0676 詑、姹【侘、咤、多】

　　以言語誇美，河洛話曰ta（ㄅㄚ1），與「誇」、「誕」有類似處，俗作「詑」。

　　宋史張去華傳：「浙人每迓朝使，必列步騎，以自誇詑」，集韻：「詑，誇也」，但韻書注「詑」讀thà（ㄊㄚ3）、hà（ㄏㄚ3）、tò（ㄉㄜ3），義合，調不合。

　　集韻：「詑，通作侘」，中文大辭典：「詑，與姹通」，正字通：「詑，與咤同」，可見詑、侘、姹、咤四字皆作「誇」義，但若就韻書對四字所注讀音，能讀一調者，只有「侘」讀tha（ㄊㄚ1），「咤」讀tsa（ㄗㄚ1），故河洛話ta（ㄅㄚ1）可作「侘」、「咤」，不宜作「詑」、「姹」。

　　其實寫做「多」更佳，「多」俗多讀to（ㄅㄜ1），如多少、多事之秋；亦可讀ta（ㄅㄚ1），如呂氏春秋知度：「其患又將反以自多」，呂氏春秋謹聽：「聽者自多而不得」，韓非子五蠹：「以其犯禁也罪之，而多其有勇也」，史記管晏列傳：「天下不多管仲之賢而多鮑叔能知人也」，唐獨孤及詩：「多君有奇略，投筆佐元戎」，以上「多」皆作誇美義，作動詞，口語皆讀ta（ㄅㄚ1）。

0677 【啉予單、啉予殫、啉予潐】

飲乎礁

在婚宴場面，親友最常對新人說的一句吉祥話就是：「飲礁礁，生卵脬」，意思就是「來，乾杯，祝早生貴子」。

有說「飲ím（一ㄇ2）」的口語音可讀lim（ㄌ一ㄇ1），不過一般都俗寫「啉」，至於將酒喝完的「啉礁礁」的「礁礁」讀做ta-ta（ㄉㄚ1-ㄉㄚ1），大概是受宜蘭旅遊勝地「礁溪ta-khe（ㄉㄚ1-ㄎㄝ1）」地名寫法和唸法的影響。

「礁」屬後造字，字書未收，中華大字典：「俗謂海洋中石之隱現水面者曰礁，舟觸之，往往破沈，蓋即譙字」，可見「礁」指暗礁，是名詞字，不作完盡、乾涸解，將乾涸之溪流寫做「礁溪」，純屬記音寫法，義不足取。

「飲礁礁」宜作「啉單單」、「啉殫殫」、「啉潐潐」，集解曰：「單，亦作殫」，索隱曰：「單，盡也」，淮南子說山訓：「池中魚為之殫」，注：「殫，盡也」，新方言釋地：「高郵謂水盡為潐」。

大家常掛在嘴邊的「飲乎礁」實應作「啉予單」、「啉予殫」、「啉予潐」。

0678　袋仔殫殫【袋仔癄癄】

　　河洛話說ta（ㄉㄚ1），完盡也，可分兩類，一與水有關，指水分完盡；一與水無關，指物事完盡。

　　指「水分完盡」的ta（ㄉㄚ1）又分三類，一為植物之水分完盡，稱「凋」，如樹葉凋去、凋柴；一為以熱力使水分完盡，稱「焦」，如臭火焦、曝焦；一為單純的水分完盡，稱「癄」，新方言釋地：「高郵謂水盡為癄」，如溪底癄涸涸、予癄啦，杯底不當飼金魚。

　　指「物事完盡」的ta（ㄉㄚ1），俗作「殫」【亦作「單」，因字義繁複，易生歧義，較不宜】，廣韻：「殫，盡也」，用於具體物事，如錢用殫矣、銃子用殫矣；用於抽象物事，如氣空力殫、殫心求全。

　　觀諸「袋仔殫殫」、「袋仔癄癄」、「袋仔焦焦」、「袋仔凋凋」四句，首句言袋中空空無物，次句言袋子乾燥無水分，第三句宜作「袋仔曝焦焦」、「袋仔烘焦焦」，末句則不成句。

0679 【黃酸疸物、黃酸疸麼】
黃酸貼脈、黃酸罩脈

面黃肌瘦、精氣頹喪之狀，河洛話說「黃酸 n̂g-sng（ㄥ5-ㄙㄥ1）」，乃以黃酸象頹敗之貌，俗說黃酸人、黃酸囡仔、黃酸蟻，即緣此用法。

俗亦在「黃酸」後加tà-meh（ㄅㄚ3-ㄇㄝㄏ4）【口語音前字或讀帶鼻音、或讀四調，後字亦有讀做八調】，或可作「黃酸貼脈」，言黃酸之象貼附脈絡中，或可作「黃酸罩脈」，言黃酸之象籠罩脈象間。

或可作「黃酸疸物」，說文：「疸，黃病也」，即身體屎黃之病，廣韻「疸tàn（ㄅㄢ3）」，可讀tàⁿ（ㄅㄚ3鼻音），「黃酸疸物」指黃酸疸之物。

或作「黃酸疸麼」，「麼」作語助詞，無義。

河洛話口語音常有訛讀現象，如「紅光赤采」訛讀「紅膏赤蟻」，「胳下腔【空】」訛讀「過耳空」，「浴間」訛讀「隘間」，「艱苦罪過」訛讀「艱苦坐卦」，「胡亂說道」訛讀「烏龍旋桌」，「胡亂妄做」訛讀「烏魯木齊」，或許「黃酸罩脈」即「黃酸帶病」之訛讀也說不定。

0680 一搭久【一搨久、一貼久】

河洛話稱時間短暫曰tsit-tah-kú（ㄐㄧㄅ8-ㄅㄚㄏ4-ㄍㄨ2），俗作「一搭久」。

元曲選：「見了三五搭人家」，萬里山村詩：「一搭山村一搭奇」，水滸傳第十四回：「鬢邊一搭朱砂記」，以上「搭」作量詞，作處解，一搭即一處，屬空間詞。

「久」屬時間詞，前面冠「一搭」而作「一搭久」，「一搭」則不宜作空間詞解釋，按「搭」亦作擊打、披掛、乘坐、連接、搭配等義，「一搭久」倒可作一次觸打的時間長、一次披掛的時間長、一次搭乘的時間長，其中一次觸打與一次披掛的時間似乎都不長，說「一搭久」指時間短暫，倒也合理。

按「搭」同「搨」，作描摹、仿製義，梅堯臣詩：「韓幹馬本模搨時」。「搭」亦同「貼」，作往下按壓義，清平山堂話本：「含淚寫了休本，兩邊搭了手印」。若將「一搭久」寫做「一搨久」，則指一次仿製的時間長，若寫做「一貼久」，則指一次按壓或黏貼的時間長，「搭」、「搨」、「貼」動態詞性皆強，冠於「久」字前，表示「一下子」的意思，亦相當明確清晰。

0681 代志【事載、載事、事事】

將「事情」寫做「代志【或代誌】tāi-tsì（ㄉㄞ7-ㄐㄧ3）」，已屬普遍寫法，雖臺灣語典作「載志」：「載事也……，載，事也……，志，亦事也……」，亦難蔚為風氣，事實上「載志」要比「代志」的寫法來得好【不管「代」或「志」，除音合外，皆與「事」無關】。

臺灣語典稱「載，事也」，確然，詩：「文王上天之載」，書舜典：「有能奮庸熙帝之載」，書大禹謨：「祗載見瞽瞍」，注皆曰：「載，事也」。然連氏以為：「志，亦事也」，則非，志，記載也【動詞】，記載之書也【名詞】，與「事」無關。

有作「事載」，或「載事」，按「載」、「事」同義，兩字且皆可讀tāi（ㄉㄞ7）、tsì（ㄐㄧ3）【廣韻：「事，側吏切，音志」】，惟「事」讀tāi（ㄉㄞ7）甚明，如底事、無事、啥事、兄弟事、翁姥事，詞例多，作「事載」似比「載事」為佳。

一字二讀且重疊成詞之詞例甚多，如蓋蓋、接接、勸勸、懶懶、擔擔……，「事」讀tāi（ㄉㄞ7），亦讀tsì（ㄐㄧ3），則tāi-tsì（ㄉㄞ7-ㄐㄧ3）可作「事事」，成語「無所事事」的「事事」口語音就可以這樣讀。

0682　咋舌【忒舌】

　　當發生美好事物，有時足以令人彈舌讚美，河洛話說「tak-tsih（ㄅㄚㄍ4-ㄐㄧㄏ8）」，tak（ㄅㄚㄍ4）乃象聲詞，張口將舌尖緊抵上門齒齒齦然後急速彈開，所暴發的聲音，就是「tak（ㄅㄚㄍ4）」這個聲音，因為這個緣故，tak（ㄅㄚㄍ4）遂與「舌tsih（ㄐㄧㄏ8）」結合成詞，俗有作「咋舌」。

　　按「咋」讀tsik（ㄐㄧㄍ4），如咋咋 【同嘖嘖、啃啃、譜譜】，亦讀tak（ㄅㄚㄍ4），如咋舌。後漢書馬援傳：「豈有知其無成，而但萎腰咋舌，叉手從族乎」，徐陵與楊僕射書：「情禮之愨，將同逆鱗，忠孝之言，皆應咋舌」，劉禹錫劉君遺愛碑：「訴者覆得罪，猶是咋舌不敢言」，「咋舌」作「咬住舌頭不出聲」解，實與彈舌讚美的「tak-tsih（ㄅㄚㄍ4-ㄐㄧㄏ8）」不同。

　　有作「彈舌」，義合，然「彈」音tàn（ㄅㄢ3），調不合。

　　其實可作「忒舌」，「忒」為象聲詞，如忒忒、忒楞楞、忒楞楞騰，彈動舌頭發出「忒tak（ㄅㄚㄍ4）」聲即為「忒舌」，在此象聲名詞「忒」作動詞用。

0683　膽、惔【憺】

「膽」音táⁿ（ㄅㄚ2鼻音），如破膽、肝膽，亦音轉tám（ㄅ
ㄚㄇ2），如膽寒。

河洛話亦說「懼怕」為tám（ㄅㄚㄇ2），有作「膽」，說是
「膽寒」之略，此說實為不妥，因為膽就是膽，為內臟之一，與
「懼怕」完全不同。

臺灣語典卷一：「惔，微恐也。說文：惔，懼也」，其實
說文：「惔，憂也，从心炎聲，詩曰：憂心如炎」，廣韻曰：
「惔，憂也」，河洛話說tám（ㄅㄚㄇ2），是懼怕，不是憂
心，韻書注「惔」平聲，將tám（ㄅㄚㄇ2）寫做「惔」，音義皆
不合。

tám（ㄅㄚㄇ2）宜作「憺」，漢書李廣傳：「威稜憺乎鄰
國」，注：「陳留人語恐言憺之」，朱熹哭張杕詩：「季翁威略
憺華戎」，以上「憺」字輕鬆說就是「動」，嚴肅說就是「使
懼」，若觀諸唐書黑齒常之傳：「吐蕃憺畏，不敢盜邊」，則
「憺」作懼怕義甚為明確。

廣韻：「憺，徒敢切」，讀tám（ㄅㄚㄇ2），音亦合。

「憺」亦作安、定、恬靜義，與懼怕反，此為古典一字兼含
正反義之現象。

0684　平交道【四支擋、四支𦱤】

　　「平交道」河洛話怎麼說？大概很多人會直說pîng-kau-tō（ㄅ一ㄥ5-ㄍㄠ1-ㄉㄜ7），這當然不是道地的河洛話。

　　「平交道」是個危險的地方，它容易發生交通事故，故設有阻擋設備，在火車通過時阻擋人車通過，以策安全。

　　設於平交道的阻擋設備，一般是四支長竹竿或長條板子，火車通過前會放下來，叮噹有聲，警告並阻擋人車通過，等火車通過後，恢復原狀，讓人車通行。這四支阻擋用的長竹竿或長條板子，河洛話稱為sì-ki-tàm（ㄒ一3-ㄍ一1-ㄉㄚㄇ3），因其主要功能在阻擋人車闖越鐵道，有作「四支擋」，顧名思義，以四支長物加以阻擋，在此「擋tòng（ㄉㄛㄥ3）」音轉tàm（ㄉㄚㄇ3）。

　　河洛話亦說「下垂」為tàm（ㄉㄚㄇ3），可作「𦱤」，廣韻：「𦱤，垂下貌」，以「單」為聲根，口語讀tàm（ㄉㄚㄇ3），如樹枝𦱤落來、頭𦱤𦱤。

　　「平交道」道地的河洛話說法為「四支檔」、「四支𦱤」。

0685 澹澹【鼉鼉、頕頕】

　　河洛話說「下垂」為tàm（ㄉㄚㄇ3），臺灣語典卷一：
「澹，下垂也」，雖「澹」讀tàm（ㄉㄚㄇ3），音合，但「澹」
作水搖動貌、動、安靜、定、水名、姓解，或與淡、贍通，與下
垂無關，連氏之說無據。

　　下垂的tàm（ㄉㄚㄇ3）可作「鼉」，廣韻：「鼉，下垂
貌」，岑參送郭乂雜言詩：「朝歌城邊柳鼉地，邯鄲道上花撲
人」，白居易同諸客嘲雪中馬上妓詩：「珊瑚鞭鼉馬踟蹰」，
杜甫醉為馬墜諸公攜酒相看詩：「江邨野堂爭入眼，垂鞭鼉輓
凌紫陌」，周邦彥浣溪紗慢詞：「燈盡酒醒時，小窗明，釵橫
鬢鼉」，洪昇長生殿驚變：「軟咍咍柳鼉花欹，困騰騰鶯嬌燕
懶」，「鼉」皆作下垂解，雖廣韻：「鼉，丁可切」，讀tó（ㄉ
ㄜ2），但因「鼉」為形聲字，從單聲，可讀如單tan（ㄉㄢ1），
口語讀做tàm（ㄉㄚㄇ3）。

　　玉篇：「頕，垂頭皃」，集韻：「頕，丁紺切」，讀tàm
（ㄉㄚㄇ3），下垂亦可寫做「頕頕」，但偏向用於頭部的下
垂，如頭下垂稱「頭頕頕」。

0686 溚溚溚【沾溚溚、湛溚溚】

　　北京話「濕答答」作潮濕貌解，但「答答」實與「濕」無關，應作「濕溚溚」，集韻：「溚，濕也」，「溚」音答tap（ㄅㄚㄅ4），另一水部字「沾」亦作濕義，篇海：「沾，濕也」，史記滑稽優旃傳：「置酒而天雨，陛楯者皆沾寒」，沾寒即濕寒，「沾」口語讀tâm（ㄅㄚㄇ5），不過韻書注「沾」讀平聲一調，不讀五調。

　　河洛話說濕為tâm（ㄅㄚㄇ5），亦可作「湛」，按「湛」同沈，讀tîm（ㄅㄧㄇ5）【廣韻：「湛，直深切」】，可轉tâm（ㄅㄚㄇ5），詩小雅湛露：「湛湛露斯」，傳：「湛湛，露茂盛貌」，露茂盛即露水很重很多，箋：「露之在物，湛湛然使物柯葉低垂」，言露水太濕重足使葉子下垂，可見「湛」即水多，即濕，此處「湛」就讀做tâm（ㄅㄚㄇ5），其實「湛」從水甚，甚亦聲，水甚即水多，即濕。

　　河洛話說「濕溚溚」為tâm-lòk-lòk（ㄅㄚㄇ5-ㄉㄛㄍ8-ㄉㄛㄍ8），宜作「沾溚溚」、「湛溚溚」、「溚溚溚」，說文：「瀝lih（ㄌㄧㄏ8），溚也」，俗亦有「沾瀝溚」、「湛瀝溚」、「溚瀝溚」之說，亦濕也。

0687 淡糝【醰糝、啖糝】

　　臺灣語典卷二：「淡糝，則點心，廣東語之變音。淡，薄也；糝，雜也。周禮天官：籩豆之實，酏食糝食」，連氏將「淡」作狀詞，作簡單、單薄或微小義，等同「小」，「淡糝tām-sám（ㄅㄚㄇ7-ㄙㄚㄇ2）」指小點心。

　　廣韻：「糝，桑感切」，讀sám（ㄙㄚㄇ2），謂以米和羹、以米和菜、以米和肉或藜菜之羹而不加米者，是一種不能當做正餐的食品，相當於今之點心。

　　說文：「醰，糜和也」，段注：「糜和，謂菜屬也，凡羹以米和之曰糝糜，或以菜和之曰醰」，廣韻：「醰，徒紺切」，音tām（ㄅㄚㄇ7）。故「醰」、「糝」其實差不多，都是一種不能當作正餐的食品，都是點心。

　　tām-sám（ㄅㄚㄇ7-ㄙㄚㄇ2）亦可作動詞用，意思是吃點心，則應寫做「啖糝」，廣雅釋詁：「啖，食也」，「啖糝」即吃點心，廣韻：「啖，徒濫切」，讀tām（ㄅㄚㄇ7）。tām-sám（ㄅㄚㄇ7-ㄙㄚㄇ2）應分清楚名詞或動詞，例如「我腹肚會枵，您次若有醰糝，請挈出來啖糝一下」。

0688

揕、扻 【擲】

　　河洛話說「丟擲」為tàn（ㄉㄢ3），也說成tìm（ㄉㄧㄇ3）。

　　從某些韻部可相互通轉的現象來看，an（ㄢ）與in（ㄧㄣ）可通轉，如陳、閩、鱗、般；an（ㄢ）與ing（ㄧㄥ）可通轉，如等、增、曾。因為im（ㄧㄇ）與in（ㄧㄣ）、ing（ㄧㄥ）聲音相近，故tàn（ㄉㄢ3）、tìm（ㄉㄧㄇ3）應屬於同一音音變的結果。

　　tàn（ㄉㄢ3）俗多作「揕」、「扻」，但「揕」作擊、刺解，「扻」作深擊、搏、刺、抒曰解，二字皆無「丟擲」義。若勉強說丟擲亦屬「擊」之一種【即所謂「擲擊」】，則tàn（ㄉㄢ3）或可作「揕」、「扻」，但「擲」不一定以「擊」為目的，故將tàn（ㄉㄢ3）寫做具有攻擊義的「揕」、「扻」，並不妥當。

　　tàn（ㄉㄢ3）宜作「擲」，「擲」從手鄭聲，「鄭」從邑奠聲，「擲」口語讀如鄭tīng（ㄉㄧㄥ7）、奠tiān（ㄉㄧㄢ7），根據前述之韻部通轉現象，「擲」口語可轉tàn（ㄉㄢ3）、tìm（ㄉㄧㄇ3），廣韻：「擲，投也」，增韻：「擲，拋也」，即丟擲。

0689　　陳啼、嗔啼、嗔嗔【嗔陳】

一個人說話大聲，語氣惡劣，河洛話說此人講話tân-têⁿ（ㄅㄢ5-ㄅㄝ5鼻音）。

提到tân（ㄅㄢ5），大家便想到「陳」，tân-têⁿ（ㄅㄢ5-ㄅㄝ5鼻音）便可作「陳啼」【在此「啼」帶鼻音，讀têⁿ（ㄅㄝ5鼻音）】，陳，說話也，啼，叫也，「陳啼」即說話時用叫的，似有些道理。

俗說打雷為「陳雷」，其實應作霆雷【見0690篇】，亦可作嗔雷，韓琦詩：「何假嗔雷擊怒桴」。不過「霆」較適用於自然天象，「嗔」從口，則適用於人事生活。

說文：「嗔，盛氣也」，玉篇；「嗔，盛聲也」，亦即大聲，前述「陳啼」若改作「嗔啼」，即大聲叫。廣韻：「嗔，徒年切，音田tiân（ㄉㄧㄢ5）」，可轉tân（ㄅㄢ5），亦可轉têⁿ（ㄅㄝ5鼻音），詩曰：「振旅嗔嗔」，「嗔嗔」即tân-têⁿ（ㄅㄢ5-ㄅㄝ5鼻音），但不一定在指稱說話。

相較之下，作「嗔陳」最佳，嗔，大聲也，怒也，陳，說話也，「嗔陳」即大聲惡氣說話，「陳tân（ㄅㄢ5）」可轉tîn（ㄅㄧㄣ5）、têⁿ（ㄅㄝ5鼻音）。

216

陳雷公【霆雷光】

　　「雷公」是天上的神，主掌打雷的事，聽說祂和電母時常一起執行勤務，雷公主打雷，電母主閃電，兩個合作無間。

　　「打雷」的河洛話寫做「劈雷phah-luî（ㄆㄚㄏ4-ㄌㄨㄧ5）」，或作「霆雷tân-luî（ㄉㄢ5-ㄌㄨㄧ5）」，中文大辭典：「霆，雷鳴也」，管子七臣七主：「天冬雷，地冬霆」，注：「霆，震也」，「霆雷」即打雷，廣韻：「霆，特丁切，音庭tîng（ㄉㄧㄥ5）」，口語音轉tân（ㄉㄢ5）。今人多將「霆雷」寫做「陳雷」，音合，義卻不妥，是錯誤的寫法【不知道歌星陳雷作何感想】。

　　「霆雷」時往往外加「閃電」，河洛話說「霆雷閃光」，或「霆雷閃電」，略稱「霆雷光」，蘇軾望海樓晚景詩：「雨過潮平江海碧，雷光時掣紫金蛇」，雷光即電光，不過今人說「霆雷光」多指打雷，不管有無閃電。

　　「霆雷」今訛作「陳雷」，「霆雷光」亦訛作「陳雷公」，不察者還以為天神雷公俗家姓陳哩。

0691　淡薄【單薄】

　　河洛話說tān-póh（ㄉㄢ7-ㄅㄛㄏ8），有兩種寫法，一作「淡薄」，另一作「單薄」。

　　禮記中庸淡而不厭疏：「言不媚悅於人，初似淡薄，久而愈敬，無惡可厭也」，唐書盧鈞傳：「鈞與人交，始若淡薄，既久乃益固」，文選顏延之五言詠：「向秀甘淡薄，深心托豪素」，此「淡薄」與「淡泊」、「澹泊」同，作無為寡欲義。

　　「單薄」則有二讀二義，其一作「少【表數量、程度】」義，口語常後加「仔á（ㄚ2）」字，讀tān-póh-á（ㄉㄢ7-ㄅㄛㄏ8-ㄚ2）【集韻：「單，徒案切」，音tān（ㄉㄢ7）】，如「送你單薄仔物件，請你笑納」【「單薄仔」表物件數量少】、「前日早起時，天氣單薄仔寒」【「單薄仔」表氣溫程度低】。

　　「單薄」另作「薄、瘦【表厚度】」義，讀tan-póh（ㄉㄢ1-ㄅㄛㄏ8）【廣韻：「單，都寒切，音丹tan（ㄉㄢ1）」】，文選古詩十九首：「居貧衣單薄，腸中常苦飢」，歐陽修與侄簡：「十四郎自縣中來，見其衣裝單薄」，又如「你身體單薄，後日寒流每來，你得小心」【「每」讀beh（ㄅㆤㄏ4），要的意思】。

0692　年冬【年登】

　　孟子滕文公上：「五穀不登」，集注：「登，成熟也」，唐書宋務光傳：「水旱為災，不謂年登」，韋應物詩：「殘鶯知夏淺，社雨報年登」，「年登」即指穀物豐登 【豐收】 之年，相對於「年荒」，「年登」本讀nî-ting（ㄋㄧˊ-ㄉㄧㄥ1），口語轉nî-tang（ㄋㄧˊ-ㄉㄤ1），俗則多作「年冬」。

　　俗有說農作物冬季收成 【應為秋季】 ，稱「收冬」，故凡收成皆稱「冬」，如四月收成曰「四月冬」，十月收成曰「十月冬」，收成季曰「年冬」，然「冬」實無穀熟或收成義，上述「冬」宜作「登」，作收登、四月登、十月登、年登。

　　水經溫水注：「七月火作，十月登熟。十二月作，四月登熟」，陶潛詩序：「登歲之功，既不可希」，梅堯臣詩：「九穀出登稔，群黎共樂康」，淮南子覽冥訓：「五穀登孰」，以上「登」字皆作穀物成熟、收成義。

　　「十月登」、「四月登」、「登歲」、「登稔」、「登年」、「年登」皆成詞也，且「登ting（ㄉㄧㄥ1）」口語讀tang（ㄉㄤ1）。

0693　有東時【有得時】

　　「有時候」的河洛話說「有時」、「有時陣」，亦說ū-tang-sî（ㄨ7-ㄅㄤ1-ㄒㄧ5），若作「有當時」、「有等時」、「有登時」、「有同時」、「有冬時」，似乎都不妥。

　　「當時」作「過去某段時光」義，音合義不合；「等時」作「何時」義，屬疑問詞，音合義不合；「登時」作「馬上」義，音合義不合；「同時」作「同一個時候」義，音合義不合；「冬時」有說即「有時」，因「冬」即年，亦時間詞，「冬時」可視為同義複詞，作「時候」義，此說屬自臆之說，難服眾。

　　ū-tang-sî（ㄨ7-ㄅㄤ1-ㄒㄧ5）或可作「有得時」，按「得」猶「的」，「有得時」即「有的時」，即「有時」，「得」字至隸書時有了新字型，从彳寸旦 【實為「貝」】，旦亦聲，口語讀如旦tàn（ㄅㄢ3），一讀tàng（ㄅㄤ3），如會得 【屬未然之詞】、獲得 【屬已然之詞】 【見0697篇】；一讀tang（ㄅㄤ1）、thang（ㄊㄤ1），如有得食、有得睏、無得給我幫忙、得出門矣、有得時。

　　「有得時」的「得」若讀tiòh（ㄅㄧㆦㄏ8），作有得到時機義，異讀而得異義。

0694 紅咚咚、紅通通【紅丹丹、紅彤彤、紅赨赨、紅終終】

「紅咚咚」、「紅通通」都在形容很紅，河洛話說âng-tang-tang（尢5-ㄉ尢1-ㄉ尢1），但卻不宜作「紅咚咚」或「紅通通」。

「丹tan（ㄉㄢ1）」即赤色，疊用兩個「丹」可以強調很紅，寫做「紅丹丹」應可行，因為「丹tan（ㄉㄢ1）」可音轉tang（ㄉ尢1）。

「彤」從彡丹聲，口語讀如「丹tan（ㄉㄢ1）」，作狀詞時為「紅色」，疊用兩個「彤」亦可強調很紅，寫做「紅彤彤」亦可行。

「赨」從赤虫聲，口語讀如「虫thâng（ㄊ尢5）」，亦為紅色，疊用兩個「赨」亦強調很紅，寫做「紅赨赨」，音義皆有可取處。

「終」從赤冬聲，口語讀如「冬tang（ㄉ尢1）」，亦為紅色，疊用兩個「終」當然亦可強調很紅，寫做「紅終終」似乎最佳。

「很紅」俗亦說âng-kòng-kòng（尢5-ㄍㄛㄥ3-ㄍㄛㄥ3），俗多訛作「紅貢貢」，義不可行，應作「紅絳絳」才是正寫。

0695 當時【等時】

「當」讀tang（ㄉㄤ1），「當時」卻不能讀tang-sî（ㄉㄤ1-ㄒㄧ5），應讀tong-sî（ㄉㆲ1-ㄒㄧ5），當時，當其時也，亦即昔時。

河洛話tang-sî（ㄉㄤ1-ㄒㄧ5）作「何時」義，為疑問詞，不宜寫做「當時」。

匡謬正俗：「俗謂何物為底，此本言何等物，後省何直云等物耳。應璩詩云：用等謂才學，言用何等才學也，去何言等，其言已舊，今人不詳根本，乃作底字，非也」，可見「何」、「何等」、「等」、「底」、「底等」同義，皆「何」衍生所致。

「何時hô-sî（ㄏㆦ5-ㄒㄧ5）」、「等時tán-sî（ㄉㄢ2-ㄒㄧ5）」、「底時tī-sî（ㄉㄧ7-ㄒㄧ5）」、「底等時tī-tán-sî（ㄉㄧ7-ㄉㄢ2-ㄒㄧ5）」，意思都是「什麼時候」，四種說法都存在於現今河洛話口語中，只是「等時」、「底等時」的「等tán（ㄉㄢ2）」口語音轉為tang（ㄉㄤ1）。

tang-sî（ㄉㄤ1-ㄒㄧ5）亦作肯定詞，但不宜作「等時」，如「他ū-tang-sî-á（ㄨ7-ㄉㄤ1-ㄒㄧ5-ㄚ2）會來【他有時候會來】」，應寫做「有得時【見0693篇】」。

水噹噹【嬋彤彤】

　　小孩喜歡湊熱鬧，喜歡接近美麗的事物，尤其結婚場面，當新娘出現時，圍觀的小孩便會調皮齊聲說：「新娘水噹噹，褲底破一空」，說完一哄而散。

　　河洛話的「水噹噹suí-tang-tang（ㄙㄨㄧ2-ㄉㄤ1-ㄉㄤ1）」是「很漂亮」的意思，俗多寫做「水噹噹」，屬記音寫法，義不可行，尤其以象聲詞「噹噹」形容美麗，實在不通。

　　「水噹噹」宜作「嬋彤彤」，俗說美麗、漂亮為suí（ㄙㄨㄧ2），應寫做秀、嬋、俊，前有文論及，此不再贅述【見0672篇】。

　　按「彤」從丹彡，表示赤色【丹】紋飾【彡】，既是紋飾，當然具有美化的意涵，即漂亮，詩經邶風靜女：「貽我彤管」即是如此，「彤管【紅筆】」因為漂亮，所以用來當送人的禮物。其他如彤弓、彤車、彤杖、彤軒、彤幃、彤閣、彤裳、彤樓等，「彤」都是作美化的紋飾用，都與「漂亮」有關。

　　「彤」從丹彡，丹亦聲，口語讀如丹tan（ㄉㄢ1），音轉tang（ㄉㄤ1）。

0697 會當【會得、獲得】

　　杜甫登上泰山玉皇頂時寫下「望嶽」詩，詩中「會當凌絕頂，一覽眾山小」傳為名句，河洛話說「會當」為ē-thang（ㄝ7-ㄊㄤ1），意即「會……當……」，即今語「能夠的話……，應當……」，屬未然之詞，與「未當bē-thang（ㄅ'ㄝ7-ㄊㄤ1）」反。

　　河洛話亦有ē-tàng（ㄝ7-ㄅㄤ3）之說，與ē-thang（ㄝ7-ㄊㄤ1）音近調異，義卻近似，作「會當」亦可，廣韻：「當，丁浪切，音擋tòng（ㄅㄛㄥ3）」，可音轉tàng（ㄅㄤ3）。

　　ē-tàng（ㄝ7-ㄅㄤ3）亦可作「會得」，即「會……得……」，即今語「能夠的話……，得以……」，屬未然之詞，與「會當」同。「得」於隸書體時有了新字型，原从彳貝寸，變成从彳旦寸，旦亦聲，口語讀如旦tàn（ㄅㄢ3），音轉tàng（ㄅㄤ3）。

　　ē-tàng（ㄝ7-ㄅㄤ3）亦可作「獲得」，卻屬已然之詞，在指陳已成之事態，與「會得【或「會當」，屬未然之詞】」用法不同，如「他人氣好，以後會得【或「會當」】出來選議員」、「他獲得繼續做議員，是因為他平時表現好」。

0698　凍霜【當酸】

　　記得有一句河洛話歇後語：「十二月天睏次【茨】頂──凍霜」，字面說：冬夜露天而睡，勢必挨寒受凍，所謂「凍霜」即被寒霜所凍。

　　河洛話「凍霜tàng-sng（ㄉㄤ3-ㄙㄥ1）」除作「被寒霜所凍」之義，口語亦指一個人「鄙吝寒酸」，或許以為被寒霜所凍，僵固無法動彈，故無所作為，鄙吝寒酸者又儉又嗇，財物吝無所出，以此取譬，故稱「凍霜」，不過如此迂迴強說，屬自臆之詞，難以服眾。

　　既然指陳的是「寒酸」，sng（ㄙㄥ1）就應該寫成「酸sng（ㄙㄥ1）」，不是「霜」。則「tàng-sng（ㄉㄤ3-ㄙㄥ1）」應該寫做「當酸」，不是「凍霜」。

　　「當酸」詞義有二，其一，當，擔當也，「當酸」即擔任酸者，酸者即行事作風鄙吝寒酸之人；其二，當，充當也，「當酸」即充當寒酸，既是充當，即該人現實條件並非寒酸之人，表現出來卻一派寒酸。不管前者，抑是後者，都是不折不扣的「當酸」。廣韻：「當，丁浪切，音擋tòng（ㄉㆲ3）」，可轉tàng（ㄉㄤ3）。

乩動【起童】

0699

　　北京話「焦不離孟，孟不離焦」，河洛話亦有此說，河洛話說「司功【亦作師公】象貝【「象貝」指杯珓，「上貝」指上上之貝象，兩者音同義異】」、「童乩桌頭」，就事實看，司功sai-kong（ㄙㄞ1-ㄍㄛㄥ1）【道士】與象貝siūⁿ-pue（ㄒㄧㄨ7鼻音-ㄅㄨㆤ1），童乩tâng-ki（ㄉㄤ5-ㄍㄧ1）【乩童】與桌頭toh-thâu（ㄉㄛㄏ4-ㄊㄠ5）【替乩童翻譯之神職人員】，確實是緊緊結合在一起，分不開的，與「焦不離孟，孟不離焦」差不多。

　　河洛話「童乩」，北京話說法適為反語，說成「乩童」，俗有人說「童乩」為「乩童ki-tông（ㄍㄧ1-ㄉㄛㄥ5）」，屬北京河洛話，不是道地河洛話。

　　古人於盆中盛砂，以錐書字，而卜吉凶禍福，即所謂「乩」，集韻：「卟，說文，卜以問疑也，或作乩」，造詞如乩仙、乩手、乩筆、乩壇等。

　　照說，乩仙或乩手開始作法即「起乩」，民間亦說「起童khí-tâng（ㄎㄧ2-ㄉㄤ5）」，「起」即動，「童」即童乩，俗有作「乩動」，義相同，音相近，但「乩」讀一調，「動」讀七調，與口語音khí-tâng（ㄎㄧ2-ㄉㄤ5）不同。

226

0700 毋但【不單、不但】

　　北京話「不但」的意思是「不只」，河洛話寫做「毋但m̄-taⁿ（ㄇ7-ㄉㄚ1鼻音）」，亦有音變說成m̄-na（ㄇ7-ㄋㄚ1）。

　　按「但」字作僅、唯、只、單解，表示動作、行為僅限於某種範圍，亦作「亶」，史記劉敬叔孫通列傳：「但見老弱及羸畜」，三國志蜀張飛傳：「我州但有斷頭將軍」，顏世家訓勉學：「空守章句，但誦師言」，史記扁鵲列傳：「但服湯二旬而復故」，史記李斯列傳：「但以聞聲，群臣莫得見其面」，以上「但」字皆等同「只」。

　　雖正字通：「但，音丹tan（ㄉㄢ1）」，俗卻多讀七調，不讀一調，若以「單」字替代「但」字，「毋但」作「不單」，義同，調合，「單tan（ㄉㄢ1）」可音轉taⁿ（ㄉㄚ1鼻音），例如「他不單七十歲」、「不單你有，我也有」。

　　北京話「不只」亦說成「不打緊」，卻不說「不但緊」，其實應該是「不單僅m̄-taⁿ-kin（ㄇ7-ㄉㄚ1鼻音-ㄍㄧㄣ3）」、「不但僅」才正確，單、但、僅皆作「只」義，不單僅、不但僅亦即「不只」。

0701 今【當】

俗話說：「咸豐三，講屆『taⁿ（ㄅㄚ1鼻音）』」【「屆」讀做kàu（ㄍㄠ3），到也】，表示從清朝咸豐三年一直說到現在，指的是「非常老舊的話題」，taⁿ（ㄅㄚ1鼻音）即現今，「屆『taⁿ（ㄅㄚ1鼻音）』你則知【到現在你才知道】」的taⁿ（ㄅㄚ1鼻音）也是。

taⁿ（ㄅㄚ1鼻音）高階標準臺語字典作「今」，以為「貪tham（ㄊㄚㄇ）」從貝今聲，故「今」可讀如貪tham（ㄊㄚㄇ），音轉tam（ㄅㄚㄇ1），再轉taⁿ（ㄅㄚ1鼻音），就像膽寒的「膽tám（ㄅㄚㄇ2）」轉成肝膽的「膽táⁿ（ㄅㄚ2鼻音）」一樣。

taⁿ（ㄅㄚ1鼻音）應亦可作「當」，史記魏公子傳曰：「公子當何面目立天下乎？」留侯世家曰：「橫絕四海，當可奈何」，吳越春秋句踐入臣外傳：「越將有福，吳當有憂」，戰國策趙策：「知伯曰：兵著晉陽三年矣，旦暮當拔而饗其利，乃有他心，不可；子慎勿復言」，江淹詣建平王書：「昔上將之恥，絳侯幽獄；各臣之羞，史遷下室；至於下官，當何言哉」，以上「當」口語皆可作現今解，惟後來解經者都將它當作副詞，作「將」、「將要」解。

228

0702 頭擔擔、頭担担、頭擡擡【頭瞻瞻】

　　河洛話稱「仰頭」為「頭擔擔」、「擔頭taⁿ-thâu（ㄉㄚ1鼻音-ㄊㄠ5）」，合宜嗎？

　　廣雅釋詁一：「擔，舉也」，管子七法：「擔竿而欲定其末」，注：「擔，舉也」，則「頭擔擔」、「擔頭」即舉頭，說法看似有理，其實無理，因為「舉」從手，謂以手舉之，即擎，如舉手、舉刀，仰頭的動作與手無關，不必用到手，用「擔」，或用擔的俗字「担」，作「頭擔擔」、「頭担担」、「擔頭」、「担頭」，都不合理。

　　有作「頭擡擡」，「擡」亦舉也，從手，問題與「擔」、「担」一樣，而「擡」讀tâi（ㄉㄞ5），聲調不合，較諸「擔」、「担」，更不合宜。

　　仰頭宜作「頭瞻瞻」，韻會：「仰視曰瞻」，即仰頭上看，故「頭瞻瞻」可作仰頭義；以「詹」為聲的形聲字可讀兩個音系，一讀tsiam（ㄐㄧㄚㄇ），如薝、儋、檐、噡、甂、幨、簷、譫、嶦；一讀tam（ㄉㄚㄇ）【或taⁿ（ㄉㄚ1鼻音）】，如薝、儋、檐、噡、甂、膽、擔、澹、憺、瘡、聸，其中薝、儋、檐、噡、甂兼讀兩音，「瞻」亦是，可讀tsiam（ㄐㄧㄚㄇ1），如瞻拜，亦可讀taⁿ（ㄉㄚ1鼻音），如頭瞻瞻。

229

0703 點仔膠【打馬膠】

「點仔膠黏著腳，叫阿爸，買豬腳……」，這童謠大家並不陌生，歌詞中「點仔膠tiám-á-ka（ㄉ一ㄚㄇ2-ㄚ2-ㄍㄚ1）」指的是瀝青，俗亦稱柏油。

柏油是煉油最後剩餘的殘渣，黝黑，濃稠，液態時極富黏性，一般用來鋪路和做屋頂防漏。記得以前的牛車車軸都塗滿柏油以潤滑轉動，小孩子總會挖取這些柏油，將它置於細竹竿尾梢，用來黏藏匿於樹木枝葉間的鳴蟬。

柏油是標準的舶來品，相傳是歐洲傳教師TALMAGE來臺傳教時帶進臺灣的，TALMAGE的譯音是「打馬奇」，早期人對藍眼金髮的外國人向來尊重，大家都稱他「打馬先生」，打馬先生總是帶來一些稀奇古怪的東西，例如火柴、柴油、柏油，大家便在這些東西前面冠上「打馬」來稱呼，火柴即稱「打馬火」【或番仔火】，柴油稱「打馬油」【或番仔油】，成濃膠狀的柏油稱「打馬膠tá-má-ka（ㄉㄚ2-ㄇㄚ2-ㄍㄚ1）」，後來「打」字和「馬」字前的m（ㄇ）音連結，成為tám-á-ka（ㄉㄚㄇ2-ㄚ2-ㄍㄚ1），又音轉tiám-á-ka（ㄉ一ㄚㄇ2-ㄚ2-ㄍㄚ1），遂被寫做「點仔膠」。

0704　打錢【貼錢】

　　初生兒滿月時，產婦娘家得送鳳帽、獅帽、金手鍊、鞋子……等禮數，現代人往往送幾樣代表物，其餘用一個大紅包代替，言明請主家自己打點，這就是「打錢táⁿ-tsîⁿ（ㄉㄚ2鼻音-ㄐㄧ5鼻音）」，也有說「打現金」。

　　「打」音táⁿ（ㄉㄚ2鼻音），作擊、踢、製造、從、及、核對解，實無質換抵貼之義，「打錢」、「打現金」寫法不妥。

　　「打錢」宜作「貼錢」，「打現金」宜作「貼現金」，廣韻：「貼，他協切，音帖thiap（ㄊㄧㄚㆴ4）」，作「附益其不足」解，即所謂補貼；白話異讀而得異義，讀tah（ㄉㄚㆷ4），作黏置解，如貼紙、貼春聯；讀táⁿ（ㄉㄚ2鼻音），作以物為質解，南史孝義公孫僧遠傳：「及伯父兄弟亡，貧無以葬，身自販貼與鄰里，供斂送終之費」，李嶠諫白馬坂大象疏：「亦有賣舍貼田，以供王役」，宋書何承天傳：「時有尹嘉者，家貧，母熊以身貼錢，為嘉償責」，貼，以物為質也。

　　古以物為質，今人以金錢為質，時代不同，做法也不同。

0705　搭嚇、惝怳【膽嚇】

　　當小孩受到驚嚇，有時「收驚」會派上用場，民間的收驚往往有各種不同的咒語，不過大概都會有「無倉驚，無搭嚇，十二條神魂轉來歸本命」，或類似的話。

　　「搭嚇tah-hiaⁿh（ㄅㄚㄏ4-ㄏㄧㄚㄏ4鼻音）」意思是驚嚇、恍惚、不安，指心神不安定的一種狀態，詞中「嚇」字倒還真能指陳詞義，嚇，驚嚇也，如李白的「嚇蠻書信」，如嚇死、嚇人的「嚇」，但「搭」字似乎便不明所指了。

　　臺灣漢語辭典作「惝怳」，宋曾鞏泰山謝雨文：「言丁寧而上訴，心惝怳而潛驚」，惝怳，心神不安也；宋梅堯臣還吳長文舍人詩卷詩：「譬如遊國都，惝怳失阡陌」，惝怳，恍惚也；可見「惝怳」義可行，不過集韻：「惝，齒兩切，音敞tshióng（ㄑㄧㄛㄥ2）」，集韻：「怳，虎晃切，音恍hóng（ㄏㄛㄥ2）」，兩字聲調皆不合。

　　或可作「膽嚇」，寫法通俗而且生動，素問靈蘭祕典論：「膽者，中正之官，決斷出焉」，且古來早有「果敢之氣出諸膽」的說法，「膽嚇」即膽受到驚嚇，詞構類似「膽寒」、「膽在【即膽定】」、「膽破」、「膽戰」，雖非成詞，卻平易可解。

0706 路邊攤 【路邊擔】

　　早期商業活動，商家可分定點式和流動式兩種，定點式商家或集中於市集，或有固定商店，屬中大型商家；流動式商家則四處移動，屬小型商家。

　　流動式商家當以「路邊擔lō-piⁿ-tàⁿ（ㄉㄛ7-ㄅㄧ1鼻音-ㄉㄚ3鼻音）」為代表，商家將貨色置於擔中，挑著擔子到處叫賣，故名之，如擔仔麵、雀仔擔、豆花擔。

　　定點式商家如「攤販thuaⁿ-huàn（ㄊㄨㄚ1鼻音-ㄏㄨㄢ3）」，一般出現在市集，商家將貨色攤放地上或架上出售；另有「𥴊仔店kám-á-tiàm（ㄍㄚㄇ2-ㄚ2-ㄉㄧㄚㄇ3）」，有一定店面，商家將貨色分置𥴊中出售，故名之。

　　「路邊擔」與「攤販」雖同屬「販仔huàn-á（ㄏㄨㄢ3-ㄚ2）」的一種，但卻決然不同，前者屬小型流動商家，後者屬中型定點商家，後來社會進步，產生中型流動商家，北京話稱為「路邊攤」，商家將大批貨色運載叫賣，或停靠且將貨色攤放路邊出售，但河洛話仍稱之為「路邊擔仔」。

　　「攤thuaⁿ（ㄊㄨㄚ1鼻音）」與「擔tàⁿ（ㄉㄚ3鼻音）」音異，河洛話有分別。

0707 重談【特殊、特單】

　　河洛話稱「不同」或「特異」為tîng-tâⁿ（ㄉㄧㄥ5-ㄉㄚ5鼻音）【首字或讀一調】，有作「重談」，取「因偏差而須再談」義，偏向貶義用法。

　　臺灣漢語辭典作「坦噠」、「啍諢」，康熙字典：「坦噠，語不正」，集韻：「啍諢，語不正也」，不過限用於「語言」方面，與日常用法不盡相符。

　　高階標準臺語字典則直作：「特殊tîng-tâⁿ（ㄉㄧㄥ5-ㄉㄚ5鼻音），有異樣的意思，生病了，也說成特殊。如：人有特殊咧。按『人有特殊咧』一語，含有病了的意思，也含有可能有鬼怪作祟或附身，精神失常的意思」，按「特tik（ㄉㄧㄍ8）」音拉長即成ting（ㄉㄧㄥ1），作特別義，「殊」上古音讀tâⁿ（ㄉㄚ5鼻音），作不同義，「特殊」即特別不同，即特異。殊tâⁿ（ㄉㄚ5鼻音），差異也，今河洛話仍說「偏差」為「偏殊」，說「有異樣」為「有殊」，說「無異樣」為「無殊」。

　　作「特單」似亦可，單，單一也，與眾不同也，亦即特異，集韻：「單，唐干切」，音tân（ㄉㄢ5），口語讀tâⁿ（ㄉㄚ5鼻音）。

不答不七
0708 【不十不七、不六不七】

　　以前我會和放暑假的小三學生或大三學生開玩笑，說他們是「不三不四」的人，原因是他們夾在三四年級之間，既不是三年級生，也不是四年級生。

　　「不三不四」的河洛話說put-sam-put-sù（ㄅㄨㄅ4-ㄙㄚㄇ1-ㄅㄨㄅ4-ㄙㄨ3），不過河洛話還有另一種特殊說法put-tàp-put-tshit（ㄅㄨㄅ4-ㄉㄚㄅ8-ㄅㄨㄅ4-ㄑㄧㄅ4），俗多作「不答不七」，或「不達不七」，乍看，令人難解其義。

　　其實並非「不答不七」、「不達不七」，而是「不十不七」，作「不是十也不是七」、「什麼都不是」、「什麼都不像」等義，它和「不三不四」詞構相同，意思也相同。

　　作「不六不七」似亦可，詞構與「不三不四」、「不十不七」相同，詞義亦同，且六七之差不若十七之差大，與三四之差同【差數為一】，寫法亦佳。

　　就聲音而論，「十tsàp（ㄗㄚㄅ8）」與口語音「tàp（ㄉㄚㄅ8）」較近，「六làk（ㄌㄚㄍ8）」與口語音「tàp（ㄉㄚㄅ8）」差異較大，不過三者調同音近，產生音轉現象並不足為奇。

0709 年都【年凋】

甲文、金文的「年」字从人禾，象禾熟而人刈其下，另有一說，以為人負禾而歸，故說文：「年，穀熟也」，北地因春夏秋冬一次循環僅穀熟一次，故稱春夏秋冬一輪為「一年」。

一般「一年」含頭、中、尾，俗稱「一年之頭」為年頭、年初、開年，「一年之中」為年中，「一年之尾」為年尾、年末、年底、年關。

其中「年頭」與「年尾」、「年初」與「年末」、「開年」與「年關」皆互成組合，尤其「開年」與「年關」，一為開始，一為關閉，一開一關，說法傳神而又有趣。

「年尾」亦有說「nî-tau（ㄋㄧ5-ㄉㄠ1）」，俗多作「年都」，華嚴經音義上：「都，總也」，或因此引申作總結一年之義，指年尾。若改作「年兜」，雖「兜」音tau（ㄉㄠ1），但「兜」與「頭」通，「年兜」反指年頭，似乎不妥。

若以「開年」、「年關」之詞構思之，年尾值年之尾聲，猶歲之將凋，可稱「年凋」，「凋」音tiau（ㄉㄧㄠ1），可轉tau（ㄉㄠ1）。

0710　兜【都】

　　河洛話說「家」為tau（ㄉㄠ1），俗多作「兜」，此應源於臺灣語典：「兜，圍也。引伸為聚，又為家，例：阮兜、恁兜」，「兜」本指兜鍪 【即頭盔】，引申作圍聚義，但引申為「家」則欠根據。

　　俞樾詩：「認得吾家小小兜」，吳景奎詩：「雲兜鷓鴣返故國，瑤階絡緯鳴寒莎」，二「兜」字為名詞，非盔帽，卻與「家」相關，故臺灣漢語辭典亦以「兜」為家。「兜」應非「家」，而是伸出家前家後圍抱前庭後院的牆籬，或因此被引申為「家」。

　　「都」音toˋ（ㄉㄛ1），作城市解，讀tau（ㄉㄠ1），則指家，漢書東方朔傳：「蘇秦張儀一當萬乘之主，而都卿相之位，澤及後世」，王通中說立命：「子曰：氣為上，形為下，識都其中，而三才備矣」，范鎮東齋記事：「山東顏太初作詩美其不忘本，而刺譏士大夫都貴位……」，以上「都」皆作居、處於解，故「我所居」即「吾都」，「你所居」即「爾都」，即我家、你家。

　　賭局有人插手作東時會說：「來，我兜」，若誤此「我兜」為「我家」，笑話大了。

0711

無髟髟、無刁騷

【無投溲、無兜收】

　　臺灣漢語辭典：「無tau-sau（ㄅㄠ1-ㄙㄠ1），鬆散，無結構也，『無』字係發語詞，無義，tau-sau（ㄅㄠ1-ㄙㄠ1）相當髟髟、刁騷。集韻：『髟髟，髮亂』，劉迎車轆轆：『胡為奔走東西道，白髮刁騷被人笑』」。此處「無」作無義之發語詞解，若「無」非無義之字，而作「沒有」義，該如何？

　　高階標準臺語字典作「無投溲」，言無黏性物質，雖為粉狀，混水後仍渙散不能成團，臺語常用來指杯水車薪一類事體，表示全然不奏效。

　　此與另一相似入聲詞「無喋啥 【或作無喋無啥，「喋啥」讀tap-sap（ㄅㄚㄅ4-ㄙㄚㄅ4）】」類似，「喋」、「啥」指微量之進食，「無喋啥」意指鬆散、瑣碎之接觸，藉喻難以成事。

　　若依此，則tau-sau（ㄅㄠ1-ㄙㄠ1）亦可作「兜收」，「無兜收」即無法兜聚收合，言鬆散無結構，進而指陳難竟事功。

　　以上諸詞，可加「無」字而成「無髟無髟」、「無刁無騷」、「無投無溲」、「無兜無收」，義不變。

0712　喙斗【喙頭】

　　好友間偶爾會說一些玩笑話，例如稱味蕾較敏銳的饕客朋友為「刁民」，只因他「嘴刁」，只因他「否喙斗pháiⁿ-tshuì-táu（ㄆㄞ2鼻音-ㄘㄨㄟ3-ㄉㄠ2）」，「嘴刁」屬北京話說法，「否喙斗」屬河洛話說法。

　　河洛話說「否喙斗」其實有兩種狀況，一是胃口不好，缺乏食慾，一是味蕾發達，挑剔飲食。

　　「喙斗」是個奇怪的詞，應寫做「喙頭」，按「頭」字从頁豆聲，口語讀如豆tāu（ㄉㄠ7），其寫法和手頭、腳頭、指頭、肩胛頭、尻川頭差不多，只是這些「頭」字大多讀thâu（ㄊㄠ5），嘴巴有說話和飲食兩種功能，「頭」字說成thâu（ㄊㄠ5）指說話，如「他口頭上隨便講講咧，我則不相信」，說成táu（ㄉㄠ2）則指飲食，如「他喙頭有夠好，連食三大碗」。

　　其他如「車後斗」應作「車後頭」，「喙下斗【下巴】」應作「喙下頭」，「後斗勦【從後方攻擊，「勦」讀tshau（ㄘㄠ1）】」。

0713　湊陣【鬥陣】

　　河洛話說「在一起」為tàu-tīn（ㄉㄠ3-ㄅㄧㄣ7），俗多作「鬥陣」，可行嗎？

　　臺灣漢語辭典：「接合、拼成、組成曰tàu（ㄉㄠ3），相當於鬮、湊、餖」。

　　按「鬥」可作接合、拼成、組成義，廣韻：「鬥，遇合，拼合」，敦煌變文集維摩詰經講經文：「白玉鬥成龍鳳巧，黃金縷出象牙邊」，韋莊和鄭拾遺秋日感事：「八珍羅膳府，五采鬥筐床」，獨孤霖書宣州疊嶂樓：「因命植棟鬥梁出城屋之脊」，古今小說：「我們鬥分些銀子與你作賀」，以上「鬥」字作拼合義甚明。

　　成詞鬥八、鬥合、鬥笋、鬥飣、鬥筍、鬥聚、鬥縫、鬥攏、鬥闕，詞中「鬥」皆作拼合義，可見河洛話寫「在一起」為「鬥陣」屬合理寫法。

　　不過「鬥」具拼合義，又具爭鬥義，如鬥攻、鬥迎、鬥戰、鬥舞、鬥食、鬥買……等，往往兼含二義，「鬥陣」亦是，一作在一起義，一作兩陣營相爭義，欲避此歧義困擾，作爭鬥義的「鬥」保持寫做「鬥」，但作拼合義的「鬥」不妨寫做「湊」，「湊」音tshàu（ㄘㄠ3），可轉tàu（ㄉㄠ3）。

0714

投、諑【謟】

　　河洛話說告洋狀或說人不是為tâu（ㄉㄠ5），一般作「投」，以為「投」可作「投訴」、「投告」義，乃「投訴」、「投告」之略，此說其實不妥，因「投訴」、「投告」若要省略，應略作「訴」、「告」，不應略作「投」。如河洛話「他去投阿舅【他去向舅舅告狀】」，就字面看，「投」可能是投訴，也可能是投靠、投擲、投降、投書、投報……，總之有很多可能，「投」字義模糊，不能強說「投」即投訴、投告。

　　臺灣漢語辭典：「訴苦，辯白於上曰tâu（ㄉㄠ5），相當於諑，廣韻：諑，訴也，方言十：諑，愬也，楚以南謂之諑」，將tâu（ㄉㄠ5）作「諑」，義可行，惟廣韻：「諑，竹角切」，讀tak（ㄉㄚ《4），不讀tâu（ㄉㄠ5），調不合。

　　tâu（ㄉㄠ5）宜作「謟」，中文大辭典：「謟，僭也」，中文大辭典：「僭，與譖通」，說文：「譖，愬也」，廣雅釋詁二：「譖，譖也」，玉篇：「譖，讒也」，中文大辭典：「譖，加誣也」，廣韻：「謟，土刀切」，口語讀tâu（ㄉㄠ5）【「土」口語讀tō（ㄉㄛ7），見0778篇】，將告洋狀或說人不是寫做「謟tâu（ㄉㄠ5）」，音義皆合。

0715 吊頭【吊脰】

　　「懸梁」至少有二義，一為勤讀，指將頭髮懸梁，避免打盹，以專心讀書，即懸梁刺股的「懸梁」；一為自殺，指用繩子套頸項後，讓身體懸空，以圖氣絕身亡，結束生命，即懸梁自盡的「懸梁」。

　　河洛話稱「懸梁自盡」為tiàu-tāu（ㄅㄧㄠ3-ㄅㄠ7），俗有作「吊頭」，合宜否？

　　「吊頭」一詞就字面觀之，一指殺人而懸其首以示眾，一指懸頭於梁，作勤學義，與懸梁刺股的「懸梁」同義，李商隱詩：「懸頭曾苦學，折臂反成醫」即是。雖「頭」屬形聲字，從頁豆聲，口語讀如豆tāu（ㄅㄠ7），「吊頭」卻無自殺義，將懸梁自盡的tiàu-tāu（ㄅㄧㄠ3-ㄅㄠ7）寫成「吊頭」並不妥當。

　　「吊頭」宜作「吊脰」，說文：「脰，項也，從肉豆聲」，玉篇：「脰，頸也」，廣韻：「脰，項脰」，左氏襄十八：「兩矢夾脰」，注：「脰，頸也」，可見「脰」就是頸部，正是懸梁自盡時繩索懸吊的部位。

　　tiàu-tāu（ㄅㄧㄠ3-ㄅㄠ7）的tāu（ㄅㄠ7）指頸項，宜作「脰」，不宜作「頭」。

0716 滿面全豆花【滿面全土灰】

　　一個人碰到棘手事往往會弄得灰頭土臉，河洛話說得獨特，稱之為「滿面全豆花muá-bīn-tsuân-tāu-hue（ㄇㄨㄚ2-ㄅˊ-ㄧㄣ7-ㄗㄨㄢ5-ㄉㄠ7-ㄏㄨㄝ1）」，「豆花」是一種食品，柔軟易碎，「滿面全豆花」讓人想到的是整臉全是零碎豆花的景象，現實生活中這景象倒是少見【「滿面全蛋糕」的景象電視中倒是較為多見】，故「豆花」二字用得算是奇怪，不知有何典故？

　　吾人熟知的相關成語是「灰頭土臉」，形容一個人全頭臉土灰，一副狼狽狀，這「全頭臉土灰」正就是河洛話說的，因此，這句話寫成河洛話應寫做「滿面全土灰」，北京話的「臉」，河洛話多作「面」，如洗臉、變臉、臭臉、厚臉皮，河洛話作洗面、變面、臭面、厚面皮。

　　「土」韻書多注二調thó（ㄊㄛ2），俗則多讀五調thô（ㄊㄛ5）【古典則作「塗」】，不過白話中「土」亦讀七調tō（ㄉㄛ7），如土蜢、土香、土蚓，音轉tāu（ㄉㄠ7），「土灰」訛轉「豆花」似有故意的成分，口語多了捉狹的意味。

0717　逗逗仔【韜韜仔】

　　北京話「慢慢的」，河洛話說法繁多，如「慢慢仔」、「爰爰仔【「爰」讀ûn（ㄨㄣ5）】」、「留留仔【「留」讀liâu（ㄌㄧㄠ5）】」、「寬寬仔【「寬」讀khuaⁿ（ㄎㄨㄚ1鼻音）】」，還有說tāu-tāu-á（ㄉㄠ7-ㄉㄠ7-ㄚ2）【口語亦有讀tāu（ㄉㄠ7）為一調tau（ㄉㄠ1）】，俗作「逗逗仔」。

　　作「逗逗仔」，係以為「逗」即逗留，逗留則遲緩，一切經音義六：「逗，留也」，國語吳語：「一日惕，一日留」，注：「惕，疾也；留，徐也」，故「逗」即留，即徐，即緩慢，作「逗逗仔」，音與義皆合。

　　集韻：「逗，一曰曲行」，如漢法軍行逗留畏愞者當斬之，「逗留」謂曲行避敵也，「逗橈【或作逗撓、逗遶】」謂「曲行避敵而觀望」，則「逗逗仔來」成為「曲行而來」，「逗逗仔講」成為「繞彎兒說話」，與「慢慢的來」、「慢慢的說」意思有落差。

　　廣雅釋詁二：「韜，緩也，寬也」，集韻：「韜，他刀切，音叨tho（ㄊㄜ1）」，可音轉thau（ㄊㄠ1）、tau（ㄉㄠ1），「慢慢的」可作「韜韜仔」，如「韜韜仔來」、「韜韜仔講」，沒有「逗逗仔來」、「逗逗仔講」造成歧義的困擾。

0718

慵惰惰【憚怛怛】

　　生理或心理的疲弱現象稱「軟倦倦nńg-kauh-kauh（ㄋㄥ2-ㄍ
ㄠㄏ4-ㄍㄠㄏ4）」，亦稱「siān-tauh-tauh（ㄒㄧㄢ7-ㄉㄠㄏ4-ㄉㄠ
ㄏ4）」，二者對應，且押韻。

　　siān-tauh-tauh（ㄒㄧㄢ7-ㄉㄠㄏ4-ㄉㄠㄏ4）臺灣漢語辭典作
「慵惰惰」，白居易歸田詩：「安得放慵惰，拱手而曳裾」，王
禹偁七夕詩：「孰得處深岩，自得放慵惰」，慵惰，懶惰也，韻
書注「慵」讀「siong（ㄒㄧㆲ）」一或五調，注「惰」讀「to
（ㄉㄜ）」二、五或七調，「慵」與「惰」必須同時音轉調轉，
始能與口語音相符，作「慵惰惰」義雖合，調卻不合。

　　siān-tauh-tauh（ㄒㄧㄢ7-ㄉㄠㄏ4-ㄉㄠㄏ4）可作「憚怛
怛」，方言十三：「憚怛，惡也」，注：「心怛懅，亦惡難
也」，其實「憚」有心理上的提不起勁【沒有興趣】，說文：
「憚，忌難也」，即忌惡；「憚」亦有生理上的疲倦無力，集
韻：「憚，勞也」，即疲勞；兩種狀況皆稱siān（ㄒㄧㄢ7），
而「禪」、「蟬」、「嬋」讀sian（ㄒㄧㄢ）音，故「憚」口語
可讀siān（ㄒㄧㄢ7）。「怛tat（ㄉㄚㄉ4）」可轉tauh（ㄉㄠㄏ
4）。

0719　鍋貼【蠔饀】

　　臺灣漢語辭典：「俗以鐵匙托青菜及海鮮於其上，再淋以澱粉膏，下油鍋炸成者曰o-te（ㄛ1-ㄉㄝ1），相當於鍋貼，雖與今之用麵粉包而煎之者不同，來源為一。蓋臺灣前期不產麥，故用澱粉代麵粉也」。按「鍋貼」係平底鍋上油煎的一種食品，有餡，類似餃子，與o-te（ㄛ1-ㄉㄝ1）實不相同。

　　許典所提的「海鮮」其實是「蠔ô（ㄛ5）【即牡蠣】」，這種用熱油煎炸的餅類食品稱為「饀te（ㄉㄝ1）」，包蠔的稱「蠔饀」，另有一種只包菜的，俗稱「菜饀」。

　　玉篇食部：「蜀人呼蒸餅為饀」，方言指的卻是用熱油煎或炸的，北齊書陸法和傳：「梁人入魏，果見饀餅焉」，顏真卿李萼等七言嚏語聯句：「拈饀舐指不知休，欲炙俟立涎交流」，日本國志飲食餅餌：「以油煎者曰油饀，火炙者曰焦饀」，雲溪友議卷三引唐李日新題仙娥驛詩：「商山食店大悠悠，陳黯饀饠古饆頭」，東京夢華錄十六日：「都下賣鷦鶉骨飿兒、圓子、饀拍、白腸」。

　　廣韻：「饀，都回切」，讀te（ㄉㄝ1）。

246

0720

砥腹、鎮腹

【貯腹、塞腹、祭腹】

　　肚子餓，吃東西止飢，河洛話說teh-pak（ㄉㄝㄏ4-ㄅㄚㄍ4）」，俗有作「砥腹」，按「砥」作碾解，與礫同，本義為裂其肢體而殺之，是個極「凶」的字，寫做「砥腹」變成裂解腹肚的意思，根本與「止飢」無關。

　　在此，teh（ㄉㄝㄏ4）作「鎮壓」解，故俗有作「鎮腹」，但「鎮tin（ㄉㄧㄣ3）」實無法讀做teh（ㄉㄝㄏ4），音不合，不過詞義要比「砥腹」來得妥適。

　　teh-pak（ㄉㄝㄏ4-ㄅㄚㄍ4）或可作「貯腹té-pak（ㄉㄝ2-ㄅㄚㄍ4）」，言將食物貯存於腹部；或亦可作「塞腹seh-pak（ㄙㄝㄏ4-ㄅㄚㄍ4）」，言將食物塞入腹部；或亦可作「祭腹tsè-pak（ㄗㄝ3-ㄅㄚㄍ4）」，言如祭五臟廟一般，以食物裹腹；以上「貯腹」、「塞腹」、「祭腹」皆指將食物下肚，都有止飢義。

　　河洛話teh（ㄉㄝㄏ4）【其實應作「砳」】即壓、壓制、鎮壓，說「壓飢」即止飢，還說得通，但說「壓腹」即止飢，則顯得奇怪不合理，所以，teh-pak（ㄉㄝㄏ4-ㄅㄚㄍ4）說不定是個訛變音，是由「貯腹」、「塞腹」、「祭腹」三者其一音轉語變而來。

0721 無竺定【無篤定、無得定】

　　小孩子太過好動不穩定，河洛話稱為「無竺定bô-tik-tiāⁿ（ㄅ'ㆤ5-ㄉㄧㄍ4-ㄉㄧㄚ7鼻音）」，廣韻：「竺，張六切，音竹tik（ㄉㄧㄍ4）」，爾雅釋詁釋文：「竺，又作篤」，故「無竺定」即「無篤定」。

　　將「無竺定」改作「無篤定」似更佳，一來因「篤定」是個方言成詞，作鎮定、穩定義，二來「篤」可讀tik（ㄉㄧㄍ4），按「篤」文讀tok（ㄉㆦㄍ4），如篤志；白讀tak（ㄉㄚㄍ4），如臺南市地名篤加；可轉tiak（ㄉㄧㄚㄍ4），再轉tik（ㄉㄧㄍ4），如「逐」、「跡」、「雀」、「玉」、「曲」、「劇」等也都如此音轉。

　　亦可作「無得定」，詞義甚為直接簡明，即無法得到穩定，正是兒童好動的最佳寫照，也就是「無法安定下來」。

　　「無篤定」、「無得定」後來衍生出很多類似說法，如：無篤【竺】無定、無時篤【竺】定、無時得定、無時若定、無時定，繞來轉去，其實意思都相同，現今仍普遍存在於河洛話口語中。

腳後躔、腳後端、腳後登、腳後踵
【腳後跟】

　　「腳後跟」河洛話說kha-āu-teⁿ（ㄎㄚ1-ㄠ7-ㄉㄝ1鼻音），有作「腳後躔」，按「躔」作踐、歷行、行、徑、舍、處、息、禽跡、跡、循、表、移行等義，雖釋義甚多，卻不作腳後跟義，且廣韻注「躔」讀tiân（ㄉㄧㄢ5），可謂音義皆不合。

　　有作「腳後端」，集韻：「端，足踵也」，即腳後跟，義合，惟廣韻：「端，丁貫切，音鍛tuàn（ㄉㄨㄢ3）」，調不合。

　　有作「腳後登」，「登ting（ㄉㄧㄥ1）」可音轉teⁿ（ㄉㄝ1鼻音），說文：「登，上車也，从癶豆」，雖「癶」象左右兩足，卻非專指足跟，可謂音合義不合。

　　有作「腳後踵」，廣韻：「踵，足後也」，即腳後跟，義合，但集韻：「踵，主勇切，音腫tsióng（ㄐㄧㄛㄥ2）」，調不合。

　　釋名釋形體：「腳後曰跟」，kha-āu-teⁿ（ㄎㄚ1-ㄠ7-ㄉㄝ1鼻音）其實可直寫「腳後跟」，因同以「艮」為聲根的「退」讀thè（ㄊㄝ3），「跟」口語可讀tè（ㄉㄝ3），如跟路；可讀teⁿ（ㄉㄝ1鼻音）【「跟」本調讀平聲一調】，如腳後跟。

0723 鼎力、頂力、挺力【掙力、韄力】

　　河洛話těⁿ-la̍t（ㄅㄝ3鼻音-ㄌㄚㄅ8），意指「出大力」，俗有作「掙力」，辭海：「掙，滓孟切，音諍tsìng（ㄐㄧㄥ3）」，就像「諍」白話讀tsěⁿ（ㄗㄝ3鼻音），「掙」白話也讀tsěⁿ（ㄗㄝ3鼻音），再音轉těⁿ（ㄅㄝ3鼻音）。

　　辭海：「俗謂用力支柱曰掙，亦曰掙扎」，可見「掙」有用力義，但目的偏向對抗，如掙出、掙開、掙斷、掙脫，其後續詞也偏向有所對抗，如「掙力抵抗」。

　　俗有作「鼎力」、「頂力」，新方言釋言：「今用力抵拒，用言抵拒，皆謂之鼎，俗以頂字為之」，用法接近「掙力」，不過韻書注「頂」、「鼎」都讀tíng（ㄅㄧㄥ2），雖可音轉těⁿ（ㄅㄝ2鼻音），調不合。

　　俗亦有作「挺力」，「挺力」即出力相挺，適用於相助，而非相拒，只是「挺」讀tíng（ㄅㄧㄥ2），可音轉těⁿ（ㄅㄝ2鼻音），調亦不合。

　　těⁿ（ㄅㄝ3鼻音）可作「韄」，集韻：「韄，張皮也」，有用力義，廣韻：「韄，豬孟切」，讀tìng（ㄅㄧㄥ3），口語可讀těⁿ（ㄅㄝ3鼻音）。

0724

振力、轚力【盡力】

　　音轉語變向來有其脈絡，如tsin（ㄐㄧㄣ）可轉tin（ㄉㄧㄣ）再轉tiⁿ（ㄉㄧ鼻音）又轉teⁿ（ㄉㄝ鼻音），「振」字即是。

　　河洛話說「使……盡出」為tèⁿ（ㄉㄝ3鼻音），如「使力盡出」稱tèⁿ-la̍t（ㄉㄝ3鼻音-ㄌㄚㄅ8），似可作「振力」，說文：「振，一曰奮也」，「振力」即奮力、出力，但並無「盡」義。

　　「轚力」亦出力也【見0723篇】，不過亦不具「盡」義。

　　tèⁿ-la̍t（ㄉㄝ3鼻音-ㄌㄚㄅ8）可作「盡力」，左氏成十三：「是故君子勤禮，小人盡力」，盡力，竭其力也，正韻：「盡，齊進切」，讀tsīn（ㄐㄧㄣ7），口語轉tēⁿ（ㄉㄝ7鼻音）、tèⁿ（ㄉㄝ3鼻音），這致使「盡力」有文白兩種讀法，文言讀tsīn-lik（ㄐㄧㄣ7-ㄌㄧㄍ8），白話讀tèⁿ-la̍t（ㄉㄝ3鼻音-ㄌㄚㄅ8）。

　　河洛話口語尚有「盡屎【使屎盡出】」、「盡死力走【拼死跑】」、「盡性命走【拼命跑】」，tèⁿ（ㄉㄝ3鼻音）寫做「盡」，通俗平易，音義皆合。

0725　張遲【張弛】

　　河洛話說小心、注意為tiuⁿ-tî（ㄉㄧㄨ1鼻音-ㄉㄧ5），臺灣語典卷四作「張遲」：「張遲，猶致意也。謂張目而待也。韻會：張，設也；遲，待也」，連氏之說有其理趣，惟「張遲」非成詞，稍嫌可惜。

　　臺灣漢語詞典作「儲偫」，論衡祀義：「自有儲偫也」，漢書孫寶傳：「更為除舍，設儲偫」，注：「師古曰：謂預儲器物也」，「儲偫」雖有小心、注意之義，惟偏向作預作準備、事前提防解。廣韻：「偫，丈里切」，讀tí（ㄉㄧ2），俗亦讀如雉tī（ㄉㄧ7），聲調與口語不合。

　　tiuⁿ-tî（ㄉㄧㄨ1鼻音-ㄉㄧ5）宜作「張弛」，說文：「張，岐弓弦也」，禮記雜記下：「一張一弛，文武之道也」，張謂張弦，弛謂落弦，本喻為政之道須緩急得度，惟緩急實難掌握，故須隨時留意，遂引申「張弛」作小心、注意解。

　　「張弛」、「儲偫」皆成詞也，取義皆比「張遲」為佳，集韻：「弛，余支切，音移î（ㄧ5）」，聲化後讀tî（ㄉㄧ5），就聲調言之，「張弛」較「儲偫」為佳。

0726　佇【在】

北京話介詞「在」，相當於河洛話介詞「tī（ㄉㄧ7）」，一般都寫做「佇」、「竚」。

集韻：「佇，或作竚」，玉篇：「佇，除呂切」，讀tī（ㄉㄧ7），作久、久立解，不作「在」解，寫做「佇」、「竚」應屬記音寫法，義不可行。

論者或以為：「佇」、「竚」有「站立」義，站立必有位置，故引伸「佇」、「竚」有「在」義，就算此說可行，那「你佇眠床睏」怎麼解釋？站著睡覺嗎？「你佇路裡駛車」怎麼解釋？站在路上開車嗎？「你佇客廳看電視」怎麼解釋？站在客廳看電視嗎？似乎都說不通。

與其勉強借用一個會產生歧義的「佇【或竚】」，倒不如借用「在」字，雖「在」字從土才聲，廣韻：「在，昨代切」，讀tsāi（ㄗㄞ7），卻可音轉tsī（ㄐㄧ7），再轉ti7（ㄉㄧ7），至少有其音轉脈絡，像振、震、陣、珍、長、潛、迭、屟、載等字，都有聲部ts（ㄗ、ㄐ）、t（ㄉ）通轉的現象，與「在」一樣。

高階標準臺語字典作「昰」，「昰」為「是」之本字，借作「在」，亦可用。

0727　在、值、諸【於】

　　將河洛話介詞tī（ㄅㄧ7）寫做「佇【或竚】」並不適合，寫做「值」呢？

　　按「值」可作當、在解，如「正值春夏之交」、「值此夜深人靜之時」，「值」口語都讀tī（ㄅㄧ7），廣韻：「值，直吏切，音治tī（ㄅㄧ7）」，惟「值」較適用於時間詞之前。

　　介詞tī（ㄅㄧ7）也可寫做「諸」，唯就前人所留眾多成例來看，「諸」往往用於動詞之後，如「放諸四海皆準」、「子張書諸紳」、「……往拜之，遇諸途」、「棄諸堤下」、「禹疏九河……而注諸海」、「有諸內，必形諸外」，以上「諸」字口語都可讀tī（ㄅㄧ7），意思與「於」一樣。

　　介詞tī（ㄅㄧ7）若寫做「於」，似乎適用性最廣，前面所舉「值」與「諸」的例子，句中「值」或「諸」皆可用「於」取代，而且都說得通。

　　「於」為平聲字，河洛話幾乎不用此字，吾人倒不妨將「於」訓讀為介詞tī（ㄅㄧ7），替代「在」、「值」、「諸」，似乎也是妥切俐落的作法。

0728　扚算盤【度算盤】

　　左氏襄九：「巡丈城」，注：「巡，行也，丈，度也」」，即巡行丈度城池。「丈」、「度」為同義詞，後造同義複詞「丈度」。

　　「丈」、「度」不但字義互通，音亦互通，「丈tiāng（ㄉㄧㄤ7）」為下去聲，如丈量物長曰「丈尺」，淮南子泰族訓：「太山不可丈尺也」；「度tiak（ㄉㄧㄚㄍ4）」為上入聲，如計算曰「度算」，漢書王莽傳：「諸國畫以望法度算」，「心中盤算」河洛話亦稱「度」，如「我心內度過矣」【廣韻：「度，徒落切」，白讀tak4（ㄉㄚㄍ4）】。

　　「度」亦用為手部動作，即「以指彈擊」，或藉以猜測物之虛實、軟硬等狀態，如「度黃梨【「黃梨」即鳳梨】」、「度西瓜」，或純為彈擊動作，如「度耳仔」、「度珠仔」、「度算盤」。

　　俗有作「扚」，字彙手部：「扚，引也，又，手捔」，馮夢龍挂枝兒散伙：「耳朵兒扚住在床前跪」，「扚」是以指拉引，非以指彈擊，讀tioh（ㄉㄧㄛㄏ4），如「扚風箏的線」、「扚喙頗【「頗」讀phué（ㄆㄨㄝ2）】」。

0729 搣算盤【擿算盤】

　　以指彈撥或彈擊的動作，河洛話稱tak（ㄅㄚㄍ4）或tiak（ㄅㄧㄚㄍ4），俗有作「搦」，廣雅釋詁、集韻：「搦，擊也」，廣韻：「搦，張略切」，白讀tiak（ㄅㄧㄚㄍ4），音合，惟「搦」从手，只知為手擊動作，但釋義抽象，難知所指，是肘擊？拳擊？掌擊？指擊？如何擊法？都無法理解。

　　俗「得」、「得得」可作象聲詞，如馬蹄聲、尥舌聲、指節聲，故有將彈指聲作「捯」，廣韻、集韻：「捯，打也」，雖廣韻：「捯，他德切」，可白讀tiak（ㄅㄧㄚㄍ4），然闡釋與「搦」類似，抽象而欠明確。

　　tiak（ㄅㄧㄚㄍ4）宜作「擿」，中文大辭典：「擿，謂指發之也」，疑聲轉而來，以指彈物所發之聲正是tiak（ㄅㄧㄚㄍ4）聲，借作動詞，如擿耳根、擿頭殼、擿珠仔；購物時辨物好壞亦「擿」之，如擿西瓜、擿黃梨【鳳梨】，後引伸作鑑定、擇揀義，即摘、擇【此二字與「擿」同一語源】，如擿出、擿抉、擿要；彈撥算盤稱擿算盤義，後引伸作盤算，如我擿看咧。

0730　有展【有點】

　　北京話「看得起他」，換成河洛話，說法很多，例如「看他有起【看得起他】」、「看他有現【看他顯於前，不把他當隱形人看】」、「看他有夠重【看他夠份量】」、「看他有目【看他有搞頭、有名堂、有眉目】」。

　　另有說「看他有『tiám（ㄉㄧㄚㄇ2）』」，俗有作「看他有展」，國語晉語二：「侈必展」，注：「展，申也」，文選謝靈運從斤竹澗越嶺溪行詩：「折麻心莫展」，注：「司馬彪莊子注曰：展，申也」，申tshun（ㄘㄨㄣ1），一曰賸餘，一曰伸展【與「伸」同】，河洛話今仍使用，人有申，故能展，人有展，故被看得起，即「看他有展」，廣韻：「展，知演切」，讀tián（ㄉㄧㄢ2），與tiám（ㄉㄧㄚㄇ2）音近。

　　五燈會元：「趙州觀音院從諗禪師，僧問曰：『既是清淨伽藍，為什麼有點』」，這是屬於佛教禪宗的對話，「清淨伽藍」即為空無，「有點」即為實有，「看他有展」若作「看他有點【看他內在實有】」，不但義可行，而且廣韻：「點，多忝切，音玷tiám（ㄉㄧㄚㄇ2）」，音亦可行。

257

0731 沈湎【沈沒】

河洛話稱「潛水」為「藏沒tshàng-bī（ㄘㄤ3-ㄅ'ㄧ7）」、「藏水沒」，或「鑽沒tsǹg-bī（ㄗㄥ3-ㄅ'ㄧ7）」、「鑽水沒」，或「沈沒tiàm-bī（ㄉㄧㄚㄇ3-ㄅ'ㄧ7）」、「沈水沒」，詞構相近，首字皆三調。

其中「沈沒」，或有作「潛沒」，潛，藏也，義合，惟「潛」韻書注下平、下去調，即五、七調，不讀三調。或有作「潭沒」，潭，沒也，義合，惟「潭」韻書注下去調，即七調，亦不讀三調。

其實作「沈沒」最為合宜，「沈沒」俗多讀tîm-bua̍t（ㄉㄧㄇ5-ㄅ'ㄨㄚㄉ8），作沈入水中義。亦可讀tiàm-bī（ㄉㄧㄚㄇ3-ㄅ'ㄧ7），作潛水義，三國志魏志東夷傳：「好捕魚鰒，水無深淺，皆沈沒取之」，沈沒即潛入水中，即潛水，集韻：「沒，莫佩切，音妹bē（ㄅ'ㆤ7）」，可轉bī（ㄅ'ㄧ7）。

或有作「沈湎」，惟「沈湎」典籍多作耽溺義，且廣韻：「湎，彌袞切，音緬bián（ㄅ'ㄧㄢ2）」，不讀七調。

258

0732 惦惦【恬恬、湛湛】

寂靜無聲，河洛話說tiām（ㄉㄧㄚㄇ7），或說疊詞tiām-tiām（ㄉㄧㄚㄇ7-ㄉㄧㄚㄇ7），俗多作「惦惦」。

惦，思念也，掛念也，音tiàn（ㄉㄧㄢ7），以「惦惦」表寂靜無聲，音合義不合。

「惦惦」宜作「恬恬」，莊子繕性：「古之治道者，以恬養知」，後漢紀靈帝紀下：「在溢則激，處平則恬，水之性也」，孟郊長安羈旅行：「直木有恬翼，靜流無躁鱗」，恬，靜也，河洛話說「恬性」、「恬靜」、「恬才」、「恬恬食三碗公」，皆作此義，廣韻注「恬」音tiân（ㄉㄧㄢ5），口語俗多讀tiām（ㄉㄧㄚㄇ7）。

亦可作「湛湛」，按湛淡、湛淵、湛然、湛碧的「湛」，水深也，因水深則靜，故「湛」亦作寂靜義，漢書劉歆傳：「湛靖有謀，父子俱好古」，唐太宗聖教序：「法流湛寂，挹之莫測其源」，唐書虞世南傳：「性湛靜寡欲」，陸機詩：「曲池何湛湛」，湛靖、湛寂、湛靜、湛湛，皆靜也。

集韻：「湛，丈陷切」，音tām（ㄉㄚㄇ7），口語讀tiām（ㄉㄧㄚㄇ7）。

259

0733　奠【謄】

　　中華文化向來重視慎終追遠，出門在外者若逢家族長輩忌辰，總要回老家祭拜追思先人一番，若想要免除舟車勞頓之苦，得將先人神主牌位「tiân（ㄉㄧㄢ5）」到自家住處奉祀，逢忌辰或重要節慶，在自家先人神主牌位前祭拜即可，因為先人的神主牌位既已「tiân（ㄉㄧㄢ5）」到家中，先人的靈聖與庇祐便也存在家中，常相陪伴左右。

　　俗有將「tiân（ㄉㄧㄢ5）」寫做「奠」，以為是為祭拜而將先人神主牌位「奠tiân（ㄉㄧㄢ5）」到家中，說文：「奠，置祭也」，段注：「置祭者，置酒食而祭也，故从酋丌，丌者，所置物之質也，如置於席，則席為丌，置之物多矣，言酒者，舉其一耑也」，簡言之，「奠」即置物而祭。

　　所謂「tiân（ㄉㄧㄢ5）」，指敦請法師將神主牌位之內容謄寫在另一新立神主牌位上，而後安奉到另一處，這「tiân（ㄉㄧㄢ5）」是指謄寫，而非祭拜，廣韻：「謄，徒登切，音騰tîng（ㄉㄥ5）」，口語音轉「tiân（ㄉㄧㄢ5）」。

殊七十【底唯七十】

　　河洛話說「只七十」為「單七十【「單」讀taⁿ（ㄉㄚ1鼻音）】」。說「不只七十」為「不單七十」，亦說「殊七十」、「不殊七十」【「殊」讀tâⁿ（ㄉㄚ5鼻音）或tiâⁿ（ㄉㄧㄚ5鼻音）】。

　　按「單」可作但、唯、僅、止義，為限制詞，「單」與「不單」反。

　　「殊」可作豈止、豈唯、豈徒、何止義，為反詰詞，「殊」與「不殊」卻相同，這和「他豈怕你」與「他豈不怕你」相同，道理一樣。

　　殊，異也，不同也，「殊七十」即異於七十，可能多於七十，也可能少於七十，說「不只七十」為「殊七十」，乃將「殊七十【有異於七十】」限為「不止七十【即多於七十】」，似乎不妥。

　　tâⁿ（ㄉㄚ5鼻音）【或tiâⁿ（ㄉㄧㄚ5鼻音）】其實應是「底唯tī-á（ㄉㄧ7-ㄚ2）」的合讀【讀時「底」讀原調七調，「唯」輕讀】。按，底，何也。唯，止也。底唯，何止也。「底」俗白讀tī（ㄉㄧ7），何時稱「底時」，何事稱「底事【「事」讀tāi（ㄉㄞ7）】」。

　　底唯七十，何止七十也。不底唯七十，亦何止七十也。

0735 定定【迭迭】

上照相館拍照時，攝影師會叫你：「坐定定，看鏡頭」。「坐定定」可不是北京話，而是河洛話，意思是「坐好，不要動」。「定定」即靜止不動，讀做tiāⁿ-tiāⁿ（ㄉㄧㄚ7鼻音-ㄉㄧㄚ7鼻音）

我們一定也聽過「他定定來」這句話，此處「定定」意思卻不是「一動也不動」，而是「常常」，怎會如此？是不是「定定」一詞有兩種意涵，有兩種用法，還是它是一個誤寫的例子。

將「他時常來」寫做「他定定來」，這寫法是有問題的，應該寫做「他迭迭來」才是正寫，迭，常也，迭迭，常常也，「迭tia̍p（ㄉㄧㄚㄅ8）」置前變四調，讀做tiap（ㄉㄧㄚㄅ4），但實際口語音的調音卻與三調差不多，和「定tiāⁿ（ㄉㄧㄚ7鼻音）」置前變三調，讀做tiāⁿ（ㄉㄧㄚ3鼻音）十分接近，因此「迭迭」和「定定」因為口語音幾乎一樣，「迭迭」遂被訛寫成「定定」。

「定定」即靜止不動，「迭迭」即時常，兩者音同義異，必須分辨清楚。

0736 特地【刁致、張致】

　　「故意」的河洛話有說tiau-tì（ㄉㄧㄠ1-ㄉㄧ3），臺灣漢語辭典作「特地」，特地即特意，即故意，義可行，惟廣韻：「特，徒得切」，讀tik（ㄉㄧㄍ8），廣韻：「地，徒四切」，讀tī（ㄉㄧ7），「特」、「地」二字調皆不合。

　　tiau-tì（ㄉㄧㄠ1-ㄉㄧ3）可作「刁致」，漢語大詞典：「刁，方言，擠出【時間】，模範妯娌：『……她二媽這幾天在刁空作鞋』」，刁空即抽空，可見方言「刁」有「專為」之意，刁意、刁意故、刁故意，皆謂特意，「刁致」即特意致使之，即故意。

　　亦可作「張致」，中文大辭典：「裝腔作勢之態曰張致，舊小說常用之」，紅樓夢第七十八回：「金桂見婆婆如此說，越發得了意，更裝出些張致來，不理薛蟠」，金瓶梅詞話第卅一回：「我著賁四拿了七十兩銀子，再三回了他這條帶來，他家還張致不肯，定要一百兩」，二十年目睹之怪現象第廿一回：「……果然是到了山西任上，便盡情張致，第一件說是禁菸，卻自他到任之後，吃鴉片煙的人格外多些」。

　　「張tiuⁿ（ㄉㄧㄨ1鼻音）」可轉tiau（ㄉㄧㄠ1），張樹枝的「張」亦讀此音。

0737　放刁【放嘲】

　　以言語威脅、恐嚇、嘲弄，河洛話說pàng-tiau（ㄅㄤ3-ㄅㄧㄠ1），俗作「放刁」。水滸傳第二十四回：「近來爆發跡，專在縣裡管些公事，與人放刁把濫，說事過錢，排陷官吏」，西廂記草橋店夢鶯鶯雜記：「這賤小人倒會放刁，羞人答答的，怎生去」，馮夢龍掛枝兒跳槽：「明知我愛你，故意來放刁」，水滸傳第一○一回：「……撥唆結訟，放刁把濫，排陷良善」，醒世姻緣傳第九十二回：「那師嫂甚麼肯罷，放刁撒潑，別著晁梁足足的賠了他一千老黃邊，才走散了」，元無名氏陳州糶米楔子：「俺兩個全仗俺父親的虎威，拿粗挾細，揣歪捏怪，幫閒鑽懶，放刁撒潑，那一個不知我的名兒」。以上「放刁」泛指耍無賴、刁難敲詐、胡作非為，未限於「語言暴力」。

　　亦可作「放嘲」，玉篇：「嘲，言相調也」，說文新附：「嘲，謔也」，即嘲弄、嘲笑、嘲謔，皆為言語暴力，「放」指放肆，「放嘲」即放肆的以言語嘲謔，例如「他給警察放嘲，實在有夠大膽」。廣韻：「嘲，陟交切」，讀tiau（ㄅㄧㄠ1）。

0738　ㄉㄧㄠ、ㄉㄧㄠ空【張工】

　　教育部推薦河洛話用詞：「ㄉㄧㄠ，音讀thiau-kang（ㄊㄧㄠ1-ㄍㄤ1），又讀tiau-kang（ㄉㄧㄠ1-ㄍㄤ1），對應華語：特地、故意，用例：ㄉㄧㄠ來看你、ㄉㄧㄠ講的」。

　　漢語大詞典：「ㄉㄧㄠ空，方言，……咱也要闊一闊呀，有輛車，ㄉㄧㄠ空進城看戲看電影」，又注「ㄉㄧㄠ」：「方言，擠出【時間】，王琳模範妯娌：我知道他二媽這幾天在ㄉㄧㄠ空做鞋」，因為是刻意擠出時間而做為，具有「專為」之意，故「ㄉㄧㄠ空」亦即特意擠出空閒，即所謂抽空，當然具有「故意」的意思。

　　tiau-kang（ㄉㄧㄠ1-ㄍㄤ1）亦可作「張工」，集韻：「張，自侈大也」，因自侈大，故裝腔作勢，或虛張聲勢，或裝模作樣，河洛話即說「張tiuⁿ（ㄉㄧㄨ1鼻音）」，如「他一直張不食飯」、「他張腹肚痛不去上課」，「張」是一種故意，河洛話說的「張致【或張智，即故意】」也是；「張」俗讀tiuⁿ（ㄉㄧㄨ1鼻音），指故意，若以此而欲暗巧制人，河洛話稱tiau（ㄉㄧㄠ1），如「他想每張我，實在好笑」。

　　張，故意也；工，工夫；張工，故意費功夫，即抽空，即故意，與「ㄉㄧㄠ空」同。

0739　弨樹枝【張樹枝】

　　臺灣語典：「刁致，猶故意也。刁，巧詐也……」，將「刁致」當貶詞。

　　金瓶梅詞話：「他家還張致不肯，定要一百兩」，醒世姻緣傳：「我不做聲罷了，你倒越發張智起來」。「張致」、「張智」亦故意也，屬中性詞。

　　刁致的「刁」與張致、張智的「張」，口語有tiuⁿ（ㄅㄧㄨ1鼻音）、tioⁿ（ㄅㄧㄛ1鼻音）、tiau（ㄅㄧㄠ1）三種讀法。

　　說文：「張，施弓弦也」，故「張」具繃緊、拉緊義；作繃緊義時，如張鼓皮、皮張乎緊，這時「張」讀tiuⁿ（ㄅㄧㄨ1鼻音）、tioⁿ（ㄅㄧㄛ1鼻音）、tiⁿ（ㄅㄧ1鼻音）、teⁿ（ㄅㄝ1鼻音），口語音可謂極為繁複；作拉緊義時，如張琴弦、張樹枝，這時「張」語讀tiau（ㄅㄧㄠ1）。

　　集韻：「張，自侈大也」，如「他張不出門」，此時「張」讀tiuⁿ（ㄅㄧㄨ1鼻音）、tioⁿ（ㄅㄧㄛ1鼻音），若自大過頭，則讀tiau（ㄅㄧㄠ1），和貶詞「刁」差不多。

　　有作「弨樹枝」，按玉篇：「弨，弓弛貌」，與「張樹枝」音同，但義相反。

0740　裞西裝【著西裝】

　　廣韻：「裞，死人衣也」，「裞」原屬名詞，後來用作動詞，謂幫死者穿衣，如「裞死人服」；或謂在棺中裝裱縑布，如「裞棺內布」，不管「裞」作穿著義，還是作裝裱義，都與喪葬之事有關，算是一個特殊專用字。廣韻：「裞，都聊切，音貂tiau（ㄉㄧㄠ1）」。

　　河洛話說穿西裝，或戴眼鏡，亦有說tiau（ㄉㄧㄠ1），俗有作「裞西裝」、「裞目鏡」，顯然不妥，因「裞」字專用於喪葬事宜【「裞西裝」乃幫死者穿西裝，「裞目鏡」乃幫死者戴眼鏡】，轉用於家常生活，不但不妥，且易生忌諱。

　　此處「裞西裝」、「裞目鏡」，宜作「著西裝」、「著眼鏡」，禮記曲禮上：「童子不衣裘裳」，疏：「衣，猶著也，童子體熱，不宜著裘」，晉書謝尚傳：「便著衣幘而舞」，著，穿戴也，「著」口語讀tiâu（ㄉㄧㄠ5），又如六一詩話：「寒魚猶著底，白鷺已飛前」，緊貼曰「貼著」，立於地上曰「企著地」，寒梅開花了沒有曰「寒梅著花未」，「著」皆讀tiâu（ㄉㄧㄠ5），與「裞」一樣，置前皆變七調。

0741　吊鏡、調鏡【眺鏡】

　　望遠鏡乃洋人發明的器物，用以眺遠，河洛話稱之為tiàu-kiàⁿ（ㄉㄧㄠ3-ㄍㄧㄚ3鼻音）【俗有說成bōng-uán-kiàⁿ（ㄅㆲ7-ㄨㄢ2-ㄍㄧㄚ3鼻音），乃直翻「望遠鏡」三字，屬北京河洛話說法，非道地河洛話】，俗多作「吊鏡」，言此視鏡可將遠物彷彿吊到近處，有若置於眼前，可清楚加以觀察，此說雖屬自臆之詞，卻有幾分道理，不過「吊」字似乎用得突兀，因「吊」字作懸掛義，不作移動義，若將「吊鏡」改做「調鏡」，「調」可作調動義，如調動、調離、調開、調近、調遠……，將物自遠方「調」至眼前以利觀察，故稱「調鏡」，寫法要比「吊鏡」來得好。

　　但不管是「吊鏡」，還是「調鏡」，都不比寫做「眺鏡」來得妥切，玉篇：「眺，望也」，集韻：「眺，遠視，或从見」，禮記月令：「可以遠眺望」，張衡思玄賦：「流目眺夫衡阿兮」，注：「眺，視也」，若「眺」作視義，則「眺鏡」指供觀望用的視鏡，若「眺」作遠視義，則「眺鏡」即為供望遠用的視鏡，即所謂「望遠鏡」。

　　廣韻：「眺，他弔切，音糶thiàu（ㄊㄧㄠ3）」，可音轉tiàu（ㄉㄧㄠ3）。

0742

迢遠【鴀遠】

　　孟雲卿古別離：「君行本迢遠，苦樂良難保」，鄭觀應盛世危言鐵路：「各省所解京餉，道路迢遠……中途每致疏虞」，迢遠，猶遙遠也。

　　按「迢」為狀情境之詞，可作遙遠義，如姜夔除夜自石湖歸苕溪詩：「細草穿沙雪半銷，吳宮烟冷水迢迢」，迢，遠也，「迢迢」為同義複詞。

　　福惠全書涖任部詳文贅說：「見在人戶，住居鴀遠」，福惠全書錢穀部漕項：「四鄉距城鴀遠」，李綱招撫曹成奏狀：「雖已具奏道依近降聖旨，踏逐軍馬，道路鴀遠，見今阻隔，卒難辦集」，初刻拍案驚奇卷二十：「 【李克讓】 本是西粵人士，只為與京師鴀遠，十分孤貧，不便赴試」，鴀遠，遙遠也。

　　按「鴀」亦為狀情境之詞，亦作遙遠義，如周邦彥倒犯新月詞：「淮左舊遊，記送行人，歸來山路鴀」，鴀，遠也，「鴀遠」亦同義複詞。

　　廣韻：「迢，徒聊切，音條tiâu（ㄉ一ㄠ5）」，廣韻：「鴀，多嘯切，音弔tiàu（ㄉ一ㄠ3）」，河洛話說「迢遠」與「鴀遠」義雖相同，音卻不同。

0743 修西裝【著西裝】

漢書周亞夫傳：「周亞夫，漢，沛人，勃之子，封條侯」，漢書高惠高后文功臣表：「有修侯周亞夫」，顏師古注：「修讀曰條」，同樣是周亞夫，同樣是漢書，卻分作「修侯」與「條侯」，可見「修」與「條」古音義相通。

高階標準臺語字典：「修，長也。古音修讀tiâu（ㄉ一ㄠ5），長讀tiâng（ㄉ一ㄤ5），u-ng對轉，故修字亦用為長字。今語調養，實即古語修養之遺」，妙哉，證諸成詞如修己、修心、修正、修生、修身……，「修」口語皆可讀tiâu（ㄉ一ㄠ5），等同「調」字，亦即調己、調心、調正、調生、調身……。

俗說穿戴為tiâu（ㄉ一ㄠ5），有作「修」，如修西裝、修目鏡，乃「修」字原修飾、整治義之引申。

不過亦可作「著」，著，穿戴也，如著西裝、著眼鏡、著領帶；著，附著也，如貼著咧、記著咧、企著地、著底、著鼎、著枝、著葉、著花、著床【將子宮喻為胎床，受精卵附著於胎床上，即懷胎】，以上「著」字口語皆讀tiâu（ㄉ一ㄠ5）。

270

0744　著胃【著懷】

　　禮記、史記中早有「胃」字，義甚明確，說文：「胃，穀府也」，即受食物處，人與鳥獸都有，是消化器官，非生殖器官，河洛話稱家畜受孕為kuà-kuī（ㄍㄨㄚ3-ㄍㄨㄧ7），作「掛胃」欠妥，宜作「掛膪」，集韻：「六畜胎曰膪」，廣韻：「膪，公回切」，可讀kui（ㄍㄨㄧ1）。

　　人受孕不稱「掛」，稱「著」，如「著床」、「著花」，喻子宮為床，胚胎著其上，或喻胚胎為花，著母體內，亦有稱tiâu-kuī（ㄉㄧㄠ5-ㄍㄨㄧ7），膪為畜胎，人非牲畜，不宜作「著膪」，亦不宜作「著胃」，宜作「著懷」。

　　素問痺論：「肝痺者，夜臥則驚，多飲數小便，上為引如懷」，王冰注：「上引少腹如懷妊之狀」，兒女英雄傳第廿六回：「你家嬤娘正懷著你」，懷，孕也，「懷孕」為同義複詞，按，懷通褢，口語讀如鬼，音kuî（ㄍㄨㄧ5），如懷藏、肚懷【衣袋】。

　　有時五調字口語音會讀成七調，如凌遲的「遲」，未離的「離」，謎猜的「謎」，著懷的「懷」亦是。【或可作「著櫃」，喻子宮為櫃，胚胎著其上，說法與「著床」差不多】

271

0745 豬椆【豬滌、豬牢、豬寮】

　　家道順利，人丁強健，河洛話說「旺椆」，「椆tiâu（ㄉㄧㄠ5）」指圈養禽畜之所，用來比作「家」，然「椆」本作木名、水名或船篙木義，與圈養禽畜之所無關。

　　俗謂養雞鴨豬牛之所為tiâu（ㄉㄧㄠ5），宜作「滌」，公羊宣三：「帝牲在于滌三月」，注：「滌，宮名，養帝牲三牢處也，謂之滌者，取其蕩滌潔清」，春秋繁露郊事對：「帝牲在滌三月，牲貴肥潔，而不貪其大也」，宋郊祀歌之一：「有牷在滌，有絜在俎」，「滌」本作清洗義，後指清洗之處，即「滌宮」，後亦指圈養禽畜之所，如豬滌、牛滌、雞滌、鴨滌……。

　　作「牢」似亦可，禮儀少牢饋食禮少牢釋文：「養牲所曰牢」，按「牢lô（ㄌㄛ5）」作堅固義時【做狀詞用】，口語讀tiâu（ㄉㄧㄠ5），如貼牢牢、牽牢牢、縛牢牢。

　　亦可作「寮」，寮，屋之小者，居人或植栽者曰「寮liâu（ㄌㄧㄠ5）」，如僧寮、香菇寮；養牲者曰「寮tiâu（ㄉㄧㄠ5）」，如豬寮；與「牢」類似，用以囚人者曰「牢lô（ㄌㄛ5）」，如監牢；用以養牲者曰「牢tiâu（ㄉㄧㄠ5）」，如牛牢。

0746 掂斗【掂採、戥採、玷採】

　　將物置手中掂其重量，頗有重量者稱「ū-tìm-táu（ㄨ7-ㄉㄧㄇ3-ㄉㄠ2）」、「tsiâⁿ-tìm-táu（ㄐㄧㄚ5鼻音-ㄉㄧㄇ3-ㄉㄠ2）」，「tim（ㄉㄧㄇ3）」亦即「掂」，雖韻書注「掂」平聲，但「掂」從扌店聲，口語讀如店tim（ㄉㄧㄇ3），故有作「有掂斗」、「誠掂斗」。

　　「有掂斗」、「誠掂斗」的說法，和秤物時，稱所秤之物「重秤」、「輕秤」、「有秤」、「無秤」、「著秤【「著」讀 tsiåh（ㄐㄧㄚㄏ8）】」的道理一樣。

　　「掂斗」宜作「掂採」，中文大辭典：「掂採，俗語謂以手稱物也」，類篇：「戥採，以手稱物」，集韻：「戥，戥採，以手稱物，或作玷」，故「掂採」亦可寫做「戥採」、「玷採」。

　　廣韻：「採，丁果切」，讀tó（ㄉㄛ2），向來o（ㄛ）可音轉au（ㄠ），如刀、告、包、褒、老……等，「採」口語可讀táu（ㄉㄠ2）。

　　以手掂而有份量者稱「有掂採」、「有戥採」、「有玷採」，而非「有掂斗」。

0747　頓頭【點頭】

頓，从頁【頭】，本作「頓首」義，指頭叩地即舉【若頭叩地多時，稱稽首】，後凡觸物即離便以「頓」名之，如頓足、頓拍、頓轡、頓繾。

「燉tūn（ㄉㄨㄣ7）」俗口語讀tīm（ㄉㄧㄇ7），燉肉、燉雞的「燉」即如是。「頓tùn（ㄉㄨㄣ3）」俗口語亦讀tìm（ㄉㄧㄇ3）、thìm（ㄊㄧㄇ3），頓頭、頓頷的「頓」即是，不作以頭、頷叩物，而作「點頭」義，漢語大詞典：「頓，以首叩地……，後亦指點頭動作」，白居易題海圖屏風詩：「一鼇既頓頷，諸鼇齊掉頭」，「頓」讀tìm（ㄉㄧㄇ3）或thìm（ㄊㄧㄇ3）。

河洛話tìm-thâu（ㄉㄧㄇ3-ㄊㄠ5）或thìm-thâu（ㄊㄧㄇ3-ㄊㄠ5），除作「頓頭」，亦可作「點頭」，歐陽修詩：「清夜夢中糊眼處，朱衣暗裡點頭時」，李衛公問對：「臣教之以陳法，無不點頭服義」，集韻：「點，都念切，音店tiàm（ㄉㄧㄚㄇ3）」。

惟唐時科舉，主考官以紅筆點中選者姓名，亦謂之點頭，此舉與「頭」無關，「點」宜讀tiám（ㄉㄧㄚㄇ2）。

0748 滴落來【*津落來*】

液體往下滴落，河洛話稱「滴落來」，「滴」讀tih（ㄉㄧㄏ4），然亦有說tih（ㄉㄧㄏ4）為tin（ㄉㄧㄣ1），相同嗎？

按，「滴tih（ㄉㄧㄏ4）」適用範圍較廣，所「滴」之液體含所有液體，如雨水、泉水、簷水、藥水、汗水、淚水……，至於所「tin（ㄉㄧㄣ1）」之液體卻僅指人體所生之液體，尤其是口水、汗水、淚水等。

tin（ㄉㄧㄣ1）不宜作「滴」，一般以「商」作聲根的字都讀入聲、上聲，滴水的「滴」即是，tin（ㄉㄧㄣ1）應寫做「津」。

埤雅：「今人望梅生津」，津，口水也；素問調經論：「人有精氣津液」，注：「汗出湊理，是謂津」，津，汗水也；集解時珍曰：「津上溢，故涕泣出焉」，津，淚水也。故「津」為名詞，指口水、汗水、淚水。

「津」動詞化，作滴流義，釋名釋形體：「津，進也，汁進出也」，病源候論：「津頤，小兒多涎唾，流出於頤下也」，正是河洛話說的「津涎【「涎」讀nuā（ㄋㄨㄚ7）】」。

0749　填地【鎮地】

　　河洛話說「佔住位置或空間」為tìn（ㄉㄧㄣ7），俗有作「填」，廣韻：「填，陟刃切，音鎮tìn（ㄉㄧㄣ7）」，音合，不過像「填地」、「填位」、「死豬填枯」等詞，恐易生歧義，如「填地」本指佔住地方，變成充填土地，「填位」本指佔住位置，變成充填空位，皆與河洛話原義不同。

　　說文通訓定聲：「鎮，假借為填」，賈逵曰：「鎮填二字，經史互用也」，如上，tìn（ㄉㄧㄣ7）寫做「填」易生歧義，改作「鎮」，則「鎮地」、「鎮位」、「死豬鎮枯」就顯得妥當平穩，鎮，壓也，佔也，鎮地即佔住地方，鎮位即佔住位置，死豬鎮枯即死豬佔住枯上，喻佔著位置卻無所作為。

　　「鎮」可轉名詞，亦與「壓住」有關，說文：「鎮，博壓也」，段注：「博當作簿，局戲也，壓當作厭、笮也，謂局戲以此鎮壓，如今賭錢者之有樁也」，說文通訓定聲：「鎮，博壓，猶今樁子，文具有壓書，亦謂之鎮紙矣」，「鎮」轉作名詞，指用來壓物的器具，如紙鎮、書鎮、席鎮。

0750　忊懅【中悴】

　　臺灣漢語辭典：「因心有不願，或志有未伸，而表現不合作態度稱忊懅ting-hīng（ㄉㄧㄥ3-ㄏㄧㄥ7），集韻：忊懅，恨也」，或亦可作「忊恨」。

　　河洛話說「忊懅」，往往包含兩個重點，一為定而不動，一為含怨含恨。其中定而不動，讓人想到「定」、「釘」二字，含怨含恨讓人想到「恨」、「悴」二字，若如此，即有定恨、定悴、釘恨、釘悴四種寫法，義各有勝處。

　　或亦可作「瞪恨」、「瞪悴」，作瞪眼而含恨義，事實上「瞪」亦有不動義，指眼睛睜大直視而不旁移，作「瞪恨」、「瞪悴」亦有可取處。

　　高階標準臺語字典作「中悴」，作含怒含怨、一動也不肯動、一動不動、不理不睬解，雖非成詞，卻自然典雅，生動傳神。

　　中，著也，如射中、考中、掃中、中計、中毒、中傷，廣韻：「中，涉仲切」，讀tiòng（ㄉㄧㄛㄥ3），如中計、中毒、中傷；口語音轉ting（ㄉㄧㄥ3），如中意、中聽、中悴。

釀語言03　PD0010

河洛話一千零一頁（卷三P~T）
——一分鐘悅讀河洛話

作　　　者	林仙龍
責任編輯	林千惠
圖文排版	陳宛鈴
封面設計	王嵩賀

出版策劃	釀出版
製作發行	秀威資訊科技股份有限公司
	114 台北市內湖區瑞光路76巷65號1樓
	電話：+886-2-2796-3638　傳真：+886-2-2796-1377
	服務信箱：service@showwe.com.tw
	http://www.showwe.com.tw
郵政劃撥	19563868　戶名：秀威資訊科技股份有限公司
展售門市	國家書店【松江門市】
	104 台北市中山區松江路209號1樓
	電話：+886-2-2518-0207　傳真：+886-2-2518-0778
網路訂購	秀威網路書店：http://www.bodbooks.com.tw
	國家網路書店：http://www.govbooks.com.tw
法律顧問	毛國樑　律師
總經銷	聯合發行股份有限公司
	231新北市新店區寶橋路235巷6弄6號4F
	電話：+886-2-2917-8022　傳真：+886-2-2915-6275

出版日期	2011年9月　BOD一版
定　　價	350元

Printed in Taiwan

國家圖書館出版品預行編目

河洛話一千零一頁. 卷三P~T, 一分鐘悅讀河洛話 / 林仙龍作,
　-- 一版. --　臺北市：釀出版, 2011.09
　　面；　公分. --（學習新知類；PD0010）
　BOD版
　ISBN　978-986-6095-23-8（平裝）

　1.閩南語　2.詞彙

802.52322　　　　　　　　　　　　　　100006810

讀 者 回 函 卡

感謝您購買本書，為提升服務品質，請填妥以下資料，將讀者回函卡直接寄回或傳真本公司，收到您的寶貴意見後，我們會收藏記錄及檢討，謝謝！
如您需要了解本公司最新出版書目、購書優惠或企劃活動，歡迎您上網查詢或下載相關資料：http:// www.showwe.com.tw

您購買的書名：＿＿＿＿＿＿＿＿＿＿＿＿＿＿＿＿＿＿＿＿＿＿

出生日期：＿＿＿＿＿年＿＿＿＿＿月＿＿＿＿＿日

學歷：□高中 (含) 以下　　□大專　　□研究所 (含) 以上

職業：□製造業　□金融業　□資訊業　□軍警　□傳播業　□自由業
　　　□服務業　□公務員　□教職　　□學生　□家管　　□其它＿＿＿

購書地點：□網路書店　□實體書店　□書展　□郵購　□贈閱　□其他

您從何得知本書的消息？

　□網路書店　□實體書店　□網路搜尋　□電子報　□書訊　□雜誌
　□傳播媒體　□親友推薦　□網站推薦　□部落格　□其他＿＿＿＿＿

您對本書的評價：(請填代號　1.非常滿意　2.滿意　3.尚可　4.再改進)

　封面設計＿＿＿　版面編排＿＿＿　內容＿＿＿　文／譯筆＿＿＿　價格＿＿＿

讀完書後您覺得：

　□很有收穫　□有收穫　□收穫不多　□沒收穫

對我們的建議：＿＿＿＿＿＿＿＿＿＿＿＿＿＿＿＿＿＿＿＿＿＿＿

＿＿＿＿＿＿＿＿＿＿＿＿＿＿＿＿＿＿＿＿＿＿＿＿＿＿＿＿＿＿

＿＿＿＿＿＿＿＿＿＿＿＿＿＿＿＿＿＿＿＿＿＿＿＿＿＿＿＿＿＿

＿＿＿＿＿＿＿＿＿＿＿＿＿＿＿＿＿＿＿＿＿＿＿＿＿＿＿＿＿＿

11466
台北市內湖區瑞光路 76 巷 65 號 1 樓

秀威資訊科技股份有限公司　　　收

BOD 數位出版事業部

....

（請沿線對折寄回，謝謝！）

姓　　名：_____　年齡：_____　性別：□女　□男

郵遞區號：□□□□□

地　　址：_____

聯絡電話：(日)_____ (夜)_____

E-mail：_____